TIANXING SHIKU

天星诗库

— 新世纪实力诗人代表作 —

蚯蚓之舞

Dance of Earthworm

凸凹诗选

1986-2017

成都凸凹 著

山西出版传媒集团

北岳文艺出版社

BEIYUE LITERATURE & ART PUBLISHING HOUSE

图书在版编目（CIP）数据

蚯蚓之舞：凸凹诗选（1986—2017） / 成都凸凹著 . — 太原：北岳文艺出版社，2017.9

（天星诗库·新世纪实力诗人代表作）

ISBN 978-7-5378-5305-7

Ⅰ . ①蚯… Ⅱ . ①成… Ⅲ . ①诗集－中国－当代Ⅳ . ① I227

中国版本图书馆 CIP 数据核字（2017）第 204679 号

书名：蚯蚓之舞 　　　凸凹诗选 1986-2017	著　　者：成都凸凹 责任编辑：韩玉峰	书籍设计：张永文 责任印制：巩　璠

出版发行：山西出版传媒集团·北岳文艺出版社

地址：山西省太原市并州南路 57 号　　邮编：030012

电话：0351-5628696（发行部）　0351-5628688（总编办）

传真：0351-5628680

网址：http://www.bywy.com

E-mail：bywycbs@163.com

经销商：新华书店

印刷装订：山西人民印刷有限责任公司

开本：889mm×1194mm　1/32

字数：208 千字　印张：8

版次：2017 年 9 月第 1 版　印次：2017 年 9 月山西第 1 次印刷

书号：ISBN　978-7-5378-5305-7

定价：28.00 元

灿烂的世界里隐藏着一个人的心灵史书
——成都凸凹诗歌印象

◎张清华

这是一个宽阔的世界。

诗歌中的凸凹心游万仞，精骛八极，拓展出一个广大的诗之疆域。从中原到西北，从江南到大漠，从家族记忆到帝王历史，从母语和心中的祖地到纸上的重洋夷域，它不但有纵横无垠的时空、丰富多样的风物景致，同时还有历史与心灵的广袤与幽曲，生命世界的鲜活与丰盈。

一个不倦的求索者的形象。

他诗歌中旺盛而蓬勃的生命力，让那些躲在房间中虚构着疲弱的小王国的人感到渺小，无地自容。蜀地诗人的恢弘大气，纵横捭阖，在凸凹身上至为典型。"只有热爱上帝者，才有如此旷远的想象"，只有解放生命者，才会让语词生发出如此鲜活的质地。

叙事在凸凹这里几乎是一种本能。

语势的流动就形成了叙事，或者相反，叙事的冲动使语势自行奔突。这样的叙事充满魅力，它是跳转的、活脱的，动若脱兔，瞬间形成酣畅而动感的语态，在完成叙述转递的过程中，同时也带来修辞之魅，使词语迸发出生命。好的叙事不是带自恋的自传，自我欣赏，而是自由的展露，对历史记忆的某种缺失的修复，对生命中欢欣与悲伤的唤起，凸凹的叙事是自如、自然和让人舒服的。

丰富甚至灿烂的辞采。

宛若"三千里桃花"一样，在凸凹的诗歌里不仅仅是一个修辞的结果，而是一个葳蕤婆娑的世界的景象，它来自蓬勃的生命与饱满的感受。词语的理想状态是奔涌而不是堆砌，生长繁殖而不是铺排装饰，所以它根源于诗歌内里的澎湃的生长性，不是后天和外力的功夫。

强烈的历史感与心灵性。

他在历史中穿行，所生发出的是对生命的理解，对生命设身处地的追念与赞美，没有感伤，没有传统文人容易有的那种没落而俗套的情绪。某种意义上，凸凹创造了一种新的"咏史体"，他不是以"凭吊"的姿态进入，而是以"穿行"其间的对话者，以生命之河中的同渡者的姿态出现的。虽然不能互救，但却可以心心相印，息息相通，他写阿赫玛托娃、王昭君、卡夫卡、博尔赫斯，都可谓有这样的境界。他写一些不能放下的悲剧性的重大历史事件，也是以"噬心的"疼痛感，以一代人的隐秘方式"穿行"其中的。

因而他的诗可以称作是一种"心灵史书"。

戏剧性的笔法与活力。

戏剧性是叙事的灵魂和核心，没有戏剧性便没有叙事。凸凹的叙事性文体具有活泼的张力，自然而充满流动性，开放而充满弥合力，各种因素之间形成了活跃的呼应与共生关系，这是其魅力所在。得益于其抒情与叙事中对戏剧情态敏感与发现。这也和古代诗人有某种异曲同工之处，无论是"纪行"，还是"述怀"，其中的情境都带有很强的展开、转折、连绵、呼应，以及因果循环的关联性。

令人羡慕的手艺。

"手艺坊"，凸凹曾把自己的一本诗集取名与手艺相关，表明他对自己写作的自信，对诗歌技艺理解的深度。的确，凸凹的诗显现了一个专业写作者的意识、经验和能力，纯熟的技艺，对语言的掌控，对文体的任意驱遣，都可谓是高手和老手的境界。

（张清华，北京师范大学文学院教授、博士生导师、副院长，北京师范大学国际写作中心执行主任，北京师范大学当代文学创作与批评研究中心主任，中国当代文学研究会常务理事。第八、九届茅盾文学奖评委。曾获华语文学传媒大奖 2010 年度批评家奖，第二届当代中国批评家奖。）

Dance
Of Earthworm

- 目 录 -

辑一　大师出没的地方

辑二　脱口而出的沉默

辑三　蚯蚓之舞

Dance
Of Earthworm

Dance Of Earthworm

辑一　大师出没的地方

001－022

翻　书

一页页翻下去
生怕夹带一页过去
说不定这页正是自己要找的
疏忽了将无从寻起

一部部翻下去
唯恐漏掉一部过去
或许这部就是自己要找的
错过了只有终生叹息

要找的很诡
要找的藏在字里行间
等到翻到了要找的
读烂之后才发现不是要找的

好事的路人莫名所以
二十世纪的来人莫名所以
我装成漫不经心　曰
随便翻翻而已

随便翻翻而已
即令在翻翻翻翻翻翻翻翻中
形同老人
而要找的总之是在下一页里

1986 年秋

牙膏皮的小学时代

"走,捡牙膏皮去!"
一个牙膏皮二分钱,二分钱一个牙膏皮

牙膏皮从单身干部宿舍扔出
多好的单身干部,多奢侈的单身干部

那是六七十年代
牙膏皮的小学时代,小学时代的牙膏皮

收破烂的老大爷牵着一位辍学的小姑娘
聪明的小姑娘,牙膏皮的小姑娘

1986 年 10 月

二　娃

二娃把地主家小姐
带走了
两人参加了部队

地主一咬牙
扯一根绳子
吊死了二娃一家五口

二娃在抗日前线
一气砍翻五个鬼子
大刀卷了刃

小姐是一个人回村的
肚子鼓着一个大包
背上背着一颗血糊糊的脑球

她用枪指着她爸说
女婿外孙看你来了
跪下！多少年过去了

村民们从不提小姐
只说狗日的二娃
有种

只说狗日的地主
当天就跑向抗日前线
与五个鬼子炸成一片

死前
他那一嗓子二娃
喷着泰山的热血

1987 年 3 月

爸爸的果园

爸爸，你一次喷嚏
果树
就开了花

爸爸，你一声咳嗽
果子
就落了地

爸爸，你一个哈欠
果园
就隆起了一堆土

1988 年 9 月

最　怕

最怕和哥在山上
在山上也无妨
最怕飘来偏东雨
飘来偏东雨也无妨
最怕附近有岩洞
附近有岩洞也无妨
最怕哥拉妹子钻进去
哥拉妹子钻进去也无妨
最怕燃起一堆柴火
燃起一堆柴火也无妨啊
千万千万莫要妹子烤衣裳

1988 年 11 月

大师出没的地方

这是大师出没的地方
这里的一切都是语言
我们傍依着一棵古柳
暮春便在头顶上方泛起寒冷的火焰

围绕这部出色的经典
我们机警地绕过了
诗人们为之倾仰的极顶
进入某些章节的空白
我们的语言
翔展于正午的阳光
真实　精粹　冉冉上升

我们的语言
洞穿时间的城堡
在大师背面响彻
细致而且认真

这是一个异常勇敢的行为

过程尚未终止
结果已让大师心神摇曳
手脚无措

当一群人
正把往事晾晒的时候
另一个时间的同一群人
会在离这片圣土老远老远的家乡
把青莲的正午
回忆　反刍　耐心等待

1989 年夏于江油

大　鸟

像一团云，一动不动
更像一块大石
悬在空中。走在地上的人
时不时抬头
生怕它没有声音，就
砸下来

比云更轻
比石头更沉，比天空更高
比闪电更为亮捷
那些成群成群的小鸟
是它布在大地的道

大鸟的翅膀极少扇动
平平地，掠过我们的心脏
冷峻，孤僻，没有表情
永恒得看不见生命

但谁也不能怀疑它的存在

谁也不能把它辨知
现在，我就处于一片阴影中
得到庇护
谁也不能把我伤害
谁也不能被我伤害

大鸟飞过。城市上方
没有祭司，奴仆
和王者

1992 年 1 月 25 日

如果你要

如果你要，都拿去
把我的财产拿去，前途拿去
把我的官职拿去，工龄拿去
我的祝福和诅咒也拿去
我的健康和病毒也拿去
良知拿去，罪恶拿去
高尚拿去，卑鄙拿去
拿去：友谊，诗歌，爱情，和我的家庭
拿去：记忆，愤怒，咳嗽，和我的俗气

如果你要，都拿去
连同一刀一刀的肉，一块一块的骨
连同最后一盎司血
一试管精液
都拿去

——祖国呵

1998 年 1 月 20 日

经过装修工地

木工机床。电锤。射钉枪。空压机。切割机
这些和平年代的常规武器
冲锋的号角，扫射的威力多么嘹亮
它们震撼着我。让我停下挣钱的步子
站在马路上。我看见了一个装修工地

我看见一群装修工人，其中一个
是我乡下的兄弟。他们挥汗如雨
他们要赶在大雪前面
赶在过年前面，为这座宅子，宅子的主人
打制并穿上内衣，崭新，豪华的内衣

我想象宅主穿着这件内衣
打开肉身，走来走去的样子
想象宅主与他的老婆或别人的老婆
在内衣里的一些动作，那些装修工人
还有我的乡下兄弟，不知有没有过类似的想象

他们切割木方，层板，木线，和花岗石

他们挥汗如雨。哼流行歌曲的时候
脸相很灿烂。他们真该灿烂
那么多上档次的内衣，他们都认为不合身
都被他们蹭蹭身子，一一扔掉

我想象宅主也一定灿烂
他在大街上赤裸着身子，就像在澡堂里
跟我和我的乡下兄弟一个样
而这件豪华的内衣就要在过年时穿上了
穿上。把那些躬身脱鞋的拜访者迎进，笼罩

1998 年 7 月

钉子与墙

我在墙上钉钉子
可是，钉一颗弯一颗
始终钉不进去

"我不相信！"
我这样对自己说
并搜罗完家中所有钉子
直到把最后一颗钉弯

我相信
仅仅是为了叫我相信
这面墙才让所有的钉子弯曲

1998 年 9 月 11 日

房子是这样建成的

"拿一幢房子比喻另一幢房子，拿一种装饰形容
另一种装饰……"但是，建筑工程师说，谁见过
抄袭和模仿的脸？建房是个人化的，难的，慢的，小
的——小到水平仪上一个刻度，小数点后面四位数

更重要的是，谁扛得起后悔的代价？
自己比喻自己，自己形容自己。如果一定要我
把形容说出，那些涂料，矿棉板，有色面砖，调和漆
是各个专业厂家送货上门的关键词

象征主义的外延，现实主义的内涵。除了遮风避雨
卖电脑，开西餐，办夜总会，还是四室二厅居室？
房子的功能和用意，决定着
它所有维度的分寸和规模，决定着

它的成本，位置，和建的方法；决定一切。唯有
立项不能决定。立项有关政府。口头请示，书面
《报告》

提供建议，参考和尺度，数据一定不能少
然后呢，形而下地，待在附近的茶馆，看报纸和手表

选址，勘探，谈价，拆迁及赔付——为位置而展开
深入细致的工作！王府井，川大旁，还是郊外
那片明清贞节牌坊？热闹有热闹的开发价值，偏僻有
偏僻的策划创意，此与彼都给予广阔的想象空间

纸上建筑是必要的。付必要的设计费
时间面前不用排队，直接看房子未来的效果
如果满意，就说："房子，起来！"
不满意的部位，用橡皮擦擦，画到满意为止

功用和房址，图纸的依据；图纸是一切的依据
比如这会儿的造价概算。比如接下去的
立项，贷款，报建，招标，放线，供料，验收
结算，审计，以及等等。结算之后的结算

两个人
秋后，旷地，一间小屋，像当年地下工作者
更是，一直精确到溢出计算器显示屏
建房过程中，建房是最简单的一环，那是

代表钢筋、水泥和砖的词，被切割和修缮的专业操作

甲方的朋友和敌人，建筑公司麾下，施工队的事
因而说，一把看不见的瓦刀正把我砌成不知道的人
因而说，除了操作规程，房子是比喻不出来的

必须像父亲和母亲那样——按照
操作生态，守满十个月，把一个人建造出来那样
哦，房子封顶，人出世，两样东西，一个理儿
十个月，一天也不能少

塔吊罩着在建工程。塔吊最高处，一面红幡
像一条红裙子、红乳罩，醒目地飘扬着。除了
军营中的所指，它还表示"存在"和"在建"，以免
飞机和高楼联系在一起，组合成事件。而

谁想起过一只盲鸟的"存在"和"在飞"？
现在，房子建成了。它庞大的身体
将天空拱了个洞。从仰视到俯视，高高在上，同时
也给我们包容和庇护。远远看去，它就是

就是图纸上我见过的样子
不，比见过的结实得多：它一下子就站在了面前
像寻找多年不遇，而某一天却在寂静的楼道发现
那迎面走来的一位朋友，一双仇人？

虚无、缥缈、不可能，房子真实到了这般程度？
面对法规和市场，它像一头大虎耸立的同时
又像，一只便于携带的名猫，软软趴下，供主人抚弄
——在一种叫房产证的坚硬的软纸上

1998 年 12 月 27 日

刻骨的人

刻骨的人坐在暗处。
你可以说他在深山，一眼洞窟中。
也可以说他在村庄，一篷茅屋里。
我多么希望透过一件件骨刻，那些艺术品
看见一枚小小钢刀的无限风光。

刻骨的人依然坐在暗处。
你却不可以说他在洞窟，茅屋。
他事实上盘坐在一泓浑圆的水中。
那时，刻骨的人正被一把肉质的刀刻骨。
山与水对应，形体与骨头吻合得塞不进一缕紫气。

此刻，刻骨的人已回到内部。
他正在剔除一些记忆，刻下一些记忆。
仇恨，爱，在深浅不一的刻痕里人影幢幢。
直到皮肉的绷带包扎停当
你关注的那柄精神之刀，也不曾露出锋芒。

1999 年 11 月 12 日

Dance Of Earthworm

辑二　脱口而出的沉默

023－126

地主的女儿

她父亲富甲一方，是一个地主
她是地主唯一的女儿
我家有一张她少女的黑白照片
那条又长又粗的独辫子
被她女中时代的手紧紧捂在胸前

那是五十年代，从凤鸣到内江，从内江到成都
她中学一毕业，就在灌县参加革命工作
她服从组织安排
先是售货员，后来是技术型干部

一个工人阶级的儿子，掰开她的手
抢到了那条又长又粗的独辫子
她一发狠，跑到川陕交界的大巴山
跟了这个工人阶级的儿子一辈子

她为他生下三个崽儿
老大是诗人，老二是经理，老三是警察
她出差去过遵义。如今已退休，且年高多病

勤俭持家的美德
使她至今没破过旅游的费，北京也没去过

这个老人，解放前的小姐，"文革"中的地主婆
她是我的母亲
那个工人阶级的儿子是我父亲
而我，我是他们的大崽儿，一个胡子拉碴的大崽儿

2000 年 1 月 11 日

玻璃瓶中的鸟

1

精神一出现，物质就消失。
精神和物质的混合物在变形，
在衍生为另一种陌生的事物。
一切愤怒和反抗都是徒劳的，无效的。

近亲和远戚的眼泪还没掉下，就被
突如其来的太阳和一场大风分别处理。
天空远去的速度和一只手收回的速度
几乎等同。一只鸟，在肉质的天空中
渐渐平息下来——像一张薄薄的纸。

2

一个少年，在春天的唇间奔跑。他
斜挎黄书包，有着和我同样的名字和身体，
包括器官，器官的细部。
学校，教室：玻璃试管，铜镊子，橡皮塞

和一只大个子蟋蟀，
被他远远丢在时间后面。

他是愉快的，谦卑的。那是
渴望知识的岁龄，好奇的年代。
窗外一只苹果落下
都会在梦中流出满世界的真理。

"苹果献身了，但它
拯救了整个地球，和人类……"

3

少年的想象是天才的。所有的发生
都天衣无缝地回到他叙述的模具。
每到一个年龄段，他都想做一些
盖棺论定的事，可制造盖子的模具，
难度高过了他天才的想象。

世界一直在走，在位移：进，或者退。
呵手艺……
以何为手，以什么为艺？

谁能在词与物之间把一条柔尺绷紧？

4

一棵槐树就能把前面的时间钉住，
让少年绊倒在一块明显的可视物上。奔跑
发生物理变化：2 个趔趄+1 个劈叉
那已知的，树立的
需要重新建树，加倍仰视，和理解。

槐树下。玻璃瓶据守的高度
是树龄的一年，但它
比槐树一生都要盛大，抢眼。
它围拢一片天空——苹果被切割了一瓣。

天空与天空之间可以互望，苦闷，慰藉，
不可以有计可施。玻璃瓶
是槐树下，同学的知识和好奇，
是意志和权力的初级阶段。
它静静伫立，闪闪发光……

它的内心在作乏力扭动，
像都城广场一缕微风——察觉它是困难的。
全世界，只有少年看清了血水蒸发的方向：
寂静的声音如此巨大！

5

少年看见：其中一位是县医院
那个漂亮护士长的女儿，她还是班上的副班长。
护士长"制造"的手艺是精微的
——女儿在各方面都有所继承。

高年级的同学都爱把她比作小鸟。
少年也这样比喻过，但少年显然不是第一个
（第一个若干年后注定是她第二任丈夫）。
"她带来的快乐是一首诗，一颗星，一阵风……"

同学喊"陈安"时她答应"喂"；
同学喊"小鸟"时她看电线，看树。

这会儿，她知道同学在喊盐水瓶中
那只未来的翔物。

6

窒息实验在一只刚孵化出来不久的
小鸟身上展开。它无羽，猩红，眼睛微睁；
它的喙还是雪，还不是冰——
少年看见。

少年看见，但少年辨别不出它的名字。
一二三四五，麻雀，鹦鹉，燕？

7

夕阳西下，鸟死了。
夕阳西下，实验有了结论：时间，反应。

8

置换的鸟巢：光洁，干净，明亮，敞开……
它一生都在巢中：母腹，卵，树……玻璃瓶。
多么重复、危险、劳累，
多么无聊——天空那个大巢！
一只玻璃瓶化繁为简，省略号用得
格外精准；一只鸟成全了一个时代的实验。

原来，避免重复，
从始点回到始点，竟可以这般疾速：
"疾速的美！"鸟的快乐。
窒息的少年苏醒后，拐杖在颤悠。

"我要喝葡萄糖水……"

球场边，少年喝过
护士长女儿玻璃瓶中透明的液体。
呵大海……不尽的刻度……

9

天空是辽阔的，又是小的；
光明是生命的，又是死亡的。
少年的喉咙比沙漠更干渴。他
飞起一脚：玻璃瓶进了槐树边的水塘。
毁尸灭迹的手法，他比同学高明，比
护士长女儿高明。

玻璃瓶在空中划了一道弧线。
少年看见，鸟突然站起，它飞翔了——
透过玻璃的夕光在它身上五颜六色起来，
那些彩色的绒羽！
一种死亡到又一种死亡的时间，量变到质变
的时间，不谋而合。

2000 年 2 月 21 日

纪　念

——给安娜·阿赫玛托娃

阅读你，是一九八九年秋天，
而那时，你七十七岁的少女的肉体，
已离开我整整二十三年
和一个漫长的、只隔着乌苏里江的夏季。

百年诞辰，却无一字、一词留下，——
不仅是我，全世界都在向前，向前，
连莘莘学子也在忙"别的"。
内部在外部找到恰当的平衡。

而"阿赫玛托娃"，这个词，这个
男性俄罗斯中巨大的女性意象，
压迫、教化了我十一个春秋——
直到今天，我还迷失在白桦林围成的"室内"，
没有走出
一场紧跟一场的列宁格勒的飞雪。

"我活在世上……
你知道吗，这样的运道

我只巴望
仇人同我分尝。"

这是在巴黎，美术的海洋中，
谁与二十二岁的美丽结下诗歌的深仇？
是啊，我们的运道，竟如此相似
又这般不同。

反革命的前夫……
永远的未婚夫……
独子列夫……
风雪中的祖国，皇村，肺结核的阴影……

我看见没落贵族的女儿，一个角色的难度：
矛盾，复杂，愁怨中的刚强：
刚强中的焦灼，宽容，反复，
和一次、一次，离去后的离去。

我还想用数字说话：写作，六十年，你。
我为写作而写作，贵在坚持；
你为神祗而写作，直到
肉身消亡——化为神祗。
谁比谁更无道理可讲？

"世上没有人比我们更豁达，
没有人比我们更傲岸、朴质。"
吟着这句诗，我矛盾，复杂，诚惶诚恐，
娘胎里就开始羞红
——至今不敢当众朗诵。

2000 年 4 月 1 日

大　河

一条大河，横亘在面前，大得不流动。

整个世界，除了天空、夕阳，就是大河。

尤利西斯漂泊十年也没见过它的样子。

没有岸，水草，渔歌，年月，蚂蟥，和蝶尘。

我甚至也是这条河的一部分。

对于这条大河，我不能增加，删节，制止，划割。

或者推波助澜，掀起一小截尾部的鱼摆。

夕阳倾泻下来，没有限度地进入我的体内。

无数条血管像无数条江流涨破中年的骨肉。

仿佛恐龙灭绝时代的那场火灾、那场大血。

布满整条大河，地球，这个黄昏的呼吸。

又仿佛混沌初开，分不清

天在哪里，地在哪里，水在哪里，血在哪里。

我见过河南的黄河，重庆的长江，青岛的海。

还见过川东地区山洪暴发的样子。

它们都没有那么大，那么红。

并且，早已先后离开我的生活，远去了。

我所在的龙泉驿没有河，因此缺少直接的联想。

现在，除了在阅读中碰见，已很难再记起它们。

这条大河，我不知道它从哪里来，
还到不到那里去。而那个黄昏的场景，
不仅在夜晚，甚至白天，都会不时出现。
仿佛一个梦魇，一种幻象，大得不流动。
只有那水的声音，日夜轰鸣、咆哮、让我惊怵。

2001 年 1 月 12 日

针尖广场

一个人，在针尖上构建广场
一万个人，在广场上朝圣锋芒
远望去：神树海上升
婴鸟在中部嘶鸣、盘桓、无限长大

一枝树梢撑开一片天空、一个世界
有根的广场
大地的精气和营养在蕊芯处相交
一圈一圈广场的涟漪，没有围墙和梁瓦的房子

雷声在死亡的枪口上散步、开花
万物复苏，鸢飞草长
两针交叉，十字架的广场，耶稣大写的广场
教徒头颅上日渐稀落的黑白柔针

针尖上的事业是血的事业
脂肪铺衍，毛发打结
光阴提取骨头的钙矿
又把古老的人民一百年一百年地收回

像打鱼人一把一把收回大网
成本牺牲，鳞片闪烁
一排又一排的鱼刺砥背张望
藏而不露——更如那些习惯暗招的斗牛异士

革命的蛋白质在远离祖国的孤岛
接近祖国。躯壳的糅和
上升或者坠落
无不呈现与地平线等距的弧度、瑰丽和

辽阔。祭祀者刻下的墓碑
让祭祀者本身成为新的墓碑
但墓志铭不出现——汉字呵
它们在鲜花耸涌的乳沟不识初香，艰难喘息

针尖上空无一人。只有那
随物赋形的梦魇轮转不休
建设者的鼻息温暖、湿润、清澈
与此对称的是镜中：一座城池的倏忽消失

只有占星术士，暮霭上的古代诗人
看见了意志的伤口、血
和一双双缝补的手

手！从闪电的炼狱中脱胎换骨的手

瘦骨嶙峋，比闪电更为迅捷、锋利
反托山河，并旋转大地
支点上坚爪伸出、张开的一刻
一介布衣的高贵气质布满天空的广场

灵魂的白马从血管中挣出，驰骋
广场的春天：一部宗教经书中压轴的插图
哦我的宗教
哦我的不落的宇宙旗幡

在无限小的地方创造无限大
在无限大的地方实现无限小
一只海螺吐出一个大海
正如一个大海流进一只海螺

是什么赋予广场以锐角、刀口
和隐喻的深度、热度与敞亮
是什么造就了针尖的草原、河流
和句法的广度

这一刻。露天的广场曲径通幽
历史的空白地带夯进艺术的美学

过往的智慧、非洲狮、中世纪绞绳
羞处一羞再羞，防不胜防

这一刻。赤膊的针尖家园广袤、开放
季候的川剧变脸。那么多阳光的孩子
那么多手足、精血和尖厉
一下子跑出、打开，松弛下来

思想的坦克从针尖的广场隆隆驶过
穿鞋的父亲从针尖的广场赤脚跑过
大火从针尖的广场淋过
冰雪从针尖的广场烧过

一根线针缝制多少嫁衣
一根药针滋养多少肌肤
一根钢钎打出多少天地
一根炮管轰出多少朝代

比宇宙的脸更大的这面广场
比时间的井更深的这面广场
一个尖词在临世、象形、飞翔
呵笔尖下的词，呵笔尖上的词

一颗，两颗，三颗……

无数颗针尖战友般并肩站立，抱成一团
亚当、夏娃出场
人类自此有了芭蕾的旋转和高度

像牙科医生拔除一颗痛牙
一颗病针抽出，一颗劲针插进
是一个什么字
跌落针林，迷失处女的幽香和方向

痛苦。憔悴。银须髯髯。诗人的心力
是在针尖上修建广场，又是
在广场上安装针尖
来了，广场龇开利牙，挺着刺刀

来了，针尖上飞机着陆
人民激情朗诵。前进与后退等速
当陨石砸来，飓风碾过，地震翻身
广场不动：看所有的城市正降至自己的兄弟

宇宙的心、大海的心、历史的心
脑髓的心、血的心、呼吸的心
我说的是心中之心的纵向叠累！
我说的是心中之心的横向铺衍！

2005 年 11 月 16 日—19 日

平衡木

平衡木不动，森林与城市不动
陆地与海不动，鱼不死、水长流。在
草原与呼吸之间，沙尘暴与
水土之间，平衡木警惕、黑猫一样灵敏
轻轻移动着斤两的准星。咒语不动
符印与镣铐不动。从
外部回到内部——
树种、年轮、纹理、地域、形态……乃至
黏附其上的风向，空气湿度，决定并考验着
它的手艺、精神和品质的精度与
纯度。它还和事物的支点
形成微妙的利益关系但又不抱成团。
有时，它甚至可以像邻家那个女孩
在支点的两边玩绳：左跳跳，右跳跳
破解沉闷。某个过程，实现斜度的工作
摆渡的生活。可以像
把脑壳缩进肩胛的龟，石头
一千年也不咳嗽一声，晃一晃生命的血液。
也甚至可以借喻一只昆虫的单翅

月光、诗，和古寺滴水的声音。

街边诊所，心理医师在病的南坡放牛

北坡刈麦——做着对称的事儿。

最难的，是在爱情、亲情、友情中

把握桃花和水的刻度。而凸与凹，战争与和平

常常令平衡木无处逢源，左右为难：

"承受挤压和误解，拒绝磨损和争夺。"

是的主，是的撒旦，它必须回避祖国，接住

暗夜流泪，用身体的盐

消解我们的错，乾坤的动荡

并再一次回到森林、内心和平衡木的平衡

2006 年 7 月 16 日

沙坡头，或黄河上的羊皮筏

黄河上的羊群沿着水的坡度跑来
十几只一堆，十几只一堆——羊如此
喜欢扎堆，形成小集团，这跟它们生前
在沙漠那边的草原抱团
取暖，抵御风雪，具有同样的理儿？
人活一口气，羊何尝不是？甚至，气比青草
更能让羊顺畅。你看它们
羊囫囵脱下来的暖皮，人鼓腮吹进去的热气
滚圆、硕大、气壮如牛，都肥得透明了——
宁夏沙坡头，通过一只羊，就可以把黄河
一眼看穿；通过一群无蹄羊的奔跑
就可以让黄河静止或者倒流：让太阳生风、变冷。
梦中不停啃草的小船，在黄河这架摇篮里
摇篮，梦的影子投在波涛上：
太阳照不到的地方，瞧
这尾追逐影子的雄鱼，可不正是当年
那只闪着绿光的母狼？亲近水，又排斥水
哪天，羊遇难，即或出现沙子
那么大一个伤口，我们都会周身漏风、泄气、

抽干，被水排开、置换——谁能最后看一眼
气被淹死前冒出的泡？从草原盛产的粮食
到黄河上的排子，无头羊哲学鬼斧神工。
有那么一会儿，羊皮筏上的我，惊恐万状
如坐针毡：急切渴望下游和上岸
筏工的竹竿一竿一竿划在流水里，就像
羊鞭响起，一鞭一鞭落在头骨上
还像一束水雷，突然爆响、炸开！

2006 年 8 月—9 月

平安夜上游，或放灯书

如果：作为药引，一些灯立起来
向天空的陆地移动；一些灯躺下去，向
陆地的海洋奔走——我们该上蹿下跳，两头
追逐，还是原地不动？如果
作为愿景，我们是祈祷高，还是
祈祷远，或者先高后远，或者先远后高
让一颗心，充满二灯的光芒？二十三日
夜晚，平乐河边，河灯与孔明灯竞相
开放。一些平行：那些更多的、更小的
一些垂直：那些更少的、更大的
而我们在交点处——灯下的灯下，成为
黑暗的黑暗；成为让远方更加亮堂的
那个秘密的灯核，吹拂者，和自焚人。成为
平安夜上游——哦那平安与欢乐的
所在，一次对祝福的最彻底的祝福
——像不回头的红羊，像单程一生的幻马

2006 年 12 月

处高之宿，或汉英之间

成为这幢楼使用功能甚或价值功能的一部分
是必然的。问题是，一具近乎裸体的活身
独独的，非要成为它美学功能的
佐证，是否也成立？后来才知道
南京西路上这家国际饭店，竟是三十年代
立在上海滩的远东第一高楼。嗬！
英国设计师的智慧，沪商的财资
至今管用。那时，平地起高山，一览众山小
黄浦江波鱼共舞，绕着眼圈流淌。如今
眼球机警，穿过无数高楼的裙边
穿过一块又一块小天空——向东，向东
一双箭镞，沿着南京路去外滩
被雾空的距离和透明的香风
一节一节折到无：词，物，力，拥有……
时光流失，路亦流失！这儿，
黄浦江已不再是眼睛的，它是
腿的，的士的，小飞机的。——依然回到
标准间的倚窗观望，对面，对面是人民的广场——
我听见它在地铁的吼声中抖动，像大草原

在无马的清晨那样抖动：撒下一群
露珠的肥羊。我在离地面很高的地方
想着对称于地面的另一方，像一只停止的小鸟
想着一条巨大的铁蚯，在地下飞翔。
侧了侧身，大楼的美学功能在完善：摆平了
是一个络腮胡汉字；躬一躬臀腰，又成为
红指甲英文字母——我在汉英之间自我修饰
辗转反侧，四日无眠。更多的时间
留待观星，占卜，念一些旧事

2007 年 1 月 17 日

岷江问胆，或再走安澜索桥

无数次，踩着索的安，走过岷江的澜。
那的确是一江大澜！鱼，凤毛麟角；
只有个别的鸟儿，在水沫不能湿身，涛声
不能震击的高处，体验倒悬的生死、荒凉
和奔腾的天空。这个春天，当我
粘带桃泥的脚，再次踏上秋千的木板
脚下掀起的狂，和内心掀起的澜
依然有着三千里的汹涌！那是
诞生大禹的汹涌，成全李冰的汹涌
擦亮鱼嘴的汹涌。但是，我依然瞥见过
澜的小、温驯和细碎的花香；还差点
扑进她小保姆般摇篮的怀中
安睡，漂浮，永不醒来——那一年，我三岁
经过纸上的澜，喇叭的澜，广场的澜
——现在，我这个中年的胆
远远小于三岁的胆啦！哦那时：
胆汁有岷江的雪山，胆壳有大堰的垒石。
哦那时：站在身边的年轻的母亲

她有着全世界总和的强大：她爱我
——现在也爱我，但已不再强大

2007 年 4 月 15 日

阆中夜宿，或赠袁家兄弟

再说一路的散风，碎水，多得记不住名。
今夜，卧榻之旁，只容得下大师的罗盘
稀贵的风水；今夜，众鸟归榕，我只属于
杜甫的阆中，袁家兄弟的阆中！两根街指
筷夹的水码头客栈，保宁醋的镇定
压不住压酒的高蹈。老板娘的傍晚浅靥
像次日晨鸟的临窗小调，倦怠的旅者
借杯盏和煮鱼傻笑，一次一次活了过来。
再说这木雕的阆中，坐在石砌的
古代：群山聚首，一条大江停泊环抱：
青龙千年千年静奔。再说，守将割头，流官题诗
革命不革命，都在这里出名。官庙贡院
深宅天井，吃斋不吃斋，都在此处
长出三万锭白银根须。——再说
这碗川北凉粉下肚，麻辣周身撒野、下种
亡者的祖国在木格窗花里拼图、落泪
一朵暖意拽住春尾，不让我骑快舟，连夜家归

2007 年 4 月 20 日

国家脸，或大碗之书

1. 序

在我木木的盯视下，饭桌上一只大碗
突然飞翔起来。亚特兰大高速公路
一位司机，跟着是所有司机，把头探出车窗
高呼："China! China!"那一刻

地球西半球停止运转——只有一只碗
一只又土又老的瓷碗，盛着天空、大海、森林
地球般运转：自转又公转
瓷光与日光互为姐妹，等量齐观

2. 饭碗

多少吨小碗才能展开成一只大碗
多少吨大碗才能抽丝出一只小碗
多少吨火光
才能拧干一窑泥土的水分

人一辈子有一碗饭足矣——因此
一生奋斗，就是为了端稳一只饭碗？
金饭碗是稳定的，但它不能怒而成铁
斩断夺碗之手

朱元璋那只乞讨的饭碗
讨来了天下。饥民扒光了饭碗就
吵着要李自成帮他们
砸开城门，开仓放赈——因此

有多余的饭盈溢出来甚或浪费掉是件好事哩
否则，我们又要敲盆震鸟，给麻雀下毒
否则，我们就要把自个儿变为食物
成为生物链上的一环。因此

这一年，我们悲悯万物，柔声细语
这一年，群鸟出林
飞向白天的鸟巢。连少女白嫩的手指
都是苍遒的树丫——这一年，哪有脸？

3. 一碗水

一位老妪正在被宋代的虎撕毁而
李逵的一碗水还在路上。面对战士硝烟燎过

的嘴唇，沂蒙山那位美妇
打开了自己胸前的一碗水。一碗水

是族谱中血脉的小小一截，或者就像
血脉以外的那道装订线——
它是泛黄的族谱
突遭大旱，脆化，散落一地的象形原因

从直接到直接。从一碗水到一碗水
这些，都不足以掀起世界的风暴！一碗水
不在于它的多，它的少——端没端平
直接导致婆媳失和，公司倒闭；导致

诸侯翻脸，朱棣起兵，皇宫失衡。对于
希腊，海伦是一碗水，对于董卓
貂蝉是一碗水。因为没有端平石油这碗水
萨达姆走上绞刑架，中东至今在

一只碗中动荡不休。而我最难忘的
是童年万源，邻家姑娘芬，穿过后山坡的桃林
把一碗清冽的水端到我面前
多少年过去了，一想起这事，再

大的夏天，也变得小了

即使
即使漏掉一滴水——这滴水
或许会把世界淹没，把自己淹没

因此，端平一碗水，做到滴水不漏
是一个人、一个国家
一生的学习。因此，作为评价用词
没有比"水平""水准"

更有水平和水准啦！也因此
我们反对倾斜、一边倒——我们于大城之左
配置大河，大城之右配置大林；凸处有凹
把阴天用太阳来晒；把未来

用魏征来照
想念女人的时候，就唱东边日出西边雨
亲近右乳的时候，就把左乳捧来吮慰
呵，羊水装在碗里，万物茁壮成长

在我曾经生活过二十多年的
大巴山，当地人把养活村子的那眼泉
唤作"一碗水"。村民清晨唤羊的时候
"一碗水"就咩咩地叫

4. 大碗茶

这最乡土的叶汁，偏偏以皇城根下的那碗
最为有名——
它们从各自的家乡出发
把一个朝代一直送到围墙里边

用大碗大碗的阳光消遣阳光：抵御，也圈养
用大碗大碗的春光唤醒春光——
心情、记忆、智慧在黑夜中裸体
舞蹈开来。当我们

一仰脖子喝下去时，总有一部分
从嘴的豁口，碗的豁口流出来
流到土地上：哦，茶的原乡！
暴躁的大块肉、肆虐的大碗酒

在等待大碗茶的夜晚嗷嗷怪叫，泪流满面
抚问。清洗。渐生悔意……
坚硬粗糙的民间时光
只有大碗茶才能泡软和变慢

多少内心的暴乱突然黑脸，决堤冲出
多少内心的暴乱

慢慢稀释、洗白——今夜
天下无事，国家的肚子只微微痛了一下

祖先南来北往，用大碗大碗的文明
换来马匹和草原。那条民间商道
不知道在私访的微服走过后，会被尾随而来的
官家大道一夜变身，称茶马，称丝绸

5.大碗酒

大碗酒袭来。豪士再一次被确认为
更大的豪士，领袖再一次被拥立为更大的
领袖。喝不高的人，比人高
那挣脱人类实验的醉绳，冲向天空的大鸟

把天地乾坤弄了个翻云覆雨
这一州那一州的红高粱，这一郡那一郡
的黄苞谷。小米、红薯、葡萄——哦，借
三分月光的醉意，还原液态的食粮，还原

地窖里秘密的集结、发酵
祖国的田野风和日丽，四季醇香
——大碗、大碗，这更大的检阅，更大的装载！
皇帝皇后当年打天下喝的酒叫

大碗酒。拔除草根的大碗酒，叫御酒
这御酒也有比大碗酒管用的时候——
它可以赐死一位忠臣，还可以喝得
国破山河碎。勾践的一碗死谷

变不成夫差的一杯美酒：一个国家
在无酒的荒年里灰飞烟灭
——这个另证把酒变得更为复杂、深奥和多解
大碗像玉一样碎去：它红着眼睛，那

日积年累的浸渍、骨梗……
咬人，比酒还锋利；也更绵亘
当我们从一座弃城中刨出尖厉的叫声
依然能感觉到当年的火光一闪一闪

6. 结语

众目睽睽。大碗飞出时间、手掌——
反扣，什么都不装下。大碗飞出大碗
侧立，沿着瓷的坡度，急速滚动
空碗，半空的碗，满载的碗

抬高丰收、饥渴、大地和信仰的高度

一只只深凹的大眼向上——在众生和国家的

树荫下：瞧！这幕俯首称臣

瞧！这彼此两岸间普遍的渡

2007 年 4 月 6 日—5 月 27 日

父亲书（五首）

穴书，或再次的风
——闻身患绝症的父亲咯血

再次的风，从偏东偏北方向涌来
让我在六月天里，打了少见的喷嚏、寒战
消息一样瘦长的影子，火柴棍一样易燃的
时光之手，推倒我，又抓出骨头里的梦
——小羊惊醒，初愿失火。再次的风
白晃晃的刀子，月亮的鲠刺，乌鸦的叫声
退至五六百公里以外，突然返身、发力：
哦这样的回击，用什么回击？我
肯定是你的，拿去，只是时间问题。再次
的风。我是风的分支，风的风，零散的
完整意象。把风接回家中、体内
让它回旋、取暖、无影无踪——好吗？
我是悲伤的。上山，石经寺一炷香烛：想象
而且幸福——愿意平地起风，请年轻的香
溯风而上，异地把风换取，或者索性
成为病风中肺部的乌云、黑夜

被闪电击溃，下一场淫雪、甘霖。再次的风
这一切，只与风的胎脉有关，只与
火车、咯血、强打精神的另一场夜风的肋骨
有关。吹吧吹吧风，再次的风：
只是不要吹醒母亲，只是不要让残梦
知道：风乍起、涌立：风来过
——只是，连风本身也不能知道：我是风

2007 年 6 月 8 日

上长松山，或陪父母订坟

突至的肺癌，五厘米大的阴影
要命的墓穴，偏偏选中我生命的上游——
把父亲作为它容身的坟山。走在
去长松寺公墓的路上，牵着父亲如一把骨签的手
我甚至不孝地提前结束了他的命数
我想到了三月、七月、十二月，中间的
火葬场，上边的白烟，下边的墓坑
——我对想的拼命不想，哪里抵得住
死的无穷之想。父母感情尚好，陪二老上山
选订的是夫妻合葬墓；母亲身体尚好
却提前看到了自己的另一个娘胎：她正被石头
吸进去，成为地风和无：成为再一个少女、老妪

出胎、出胎、出胎……出胎又入胎。但是
她没有说出心脏在阴历的眩晕，正像话多的父亲
背着阳历的风，这会儿只说好、好、好
夕阳西下，残忍的出行在继续吐词。有
那么一会儿，择墓的感觉竟像京郊
一个出宫视察国墓工程的皇帝。可事实是
当五厘米大的肿块慢慢变大，成为一堆高坟
一匹坟山，一个国家，父亲就小到一捧茔土并
蜷伏其中了。如此，长松寺一座新墓的
半国之城，开始盖棺论定
一滴回望来路的温热的精血
望见了黑暗：蛋的内部，坟的内部
——生命不能选择，死亡还需预订。而这
一切，令无数亡灵睁大眼睛，看破天地界面
如果你胆怯，就像作假：就像影子
忙前跑后，被太阳左右，或突然消失于鞋底

2007 年 7 月 5 日

刻骨记，或为活着的父亲写墓志铭

该用怎样的文字概括你一生
作为儿子，我不能涌出感情；作为诗人
我不能夸张修饰。你的墓志铭

单位不写，你不写——写，是我一生
对你一生所做出的唯一冲动
"一九三〇，腊月十一，父亲魏玉阶出生在湖北孝
感市祝家湾魏家畈上湾。他少年曾徒步自鄂至渝。
先后毕业于重庆中正中学、重庆园艺学校。'文
革'后首批高级农艺师。中共党员。干瘦如柴，声
如洪钟，光明磊落，外号'魏大炮'。毕生精力献
给了老区万源县的果树事业。革命一生，清贫一
生。"
——这是我，三年前写在《记忆·编年史》
中的文字。它算什么呢——臃肿的人生
体制内的功成名就者？不
没有比你更加骨瘦如柴的了——
一米八的个儿，七八十斤的重；而富有的价值
你也不再乐意以清贫来炫说——这堆要命
的医药票据、借款纸条，让你如此尴尬
脸比苹果红。现在
你生命的最后河段，我必须以最精短
最宏阔、最准确、最有力的闪电
和鹰嘴，为你一生具名。当我写下
"万源果树栽培第一人"九字，你拒绝：
说它没有红头文件，没有相关证书
我说，公元一九五八年
你为万源首引的一百棵苹果树、八棵梨树

就是最权威的红头文件
大巴山中那一坡又一坡最灿烂的红苹果
就是最圆满的获奖证书——你这把海棠万源
变脸为苹果万源的魔鬼！我说，我无法
代表政府给你，一个小小的县茶果站站长
总结、评价、画像，但我同样不能拒绝
你栽培一生的果树的眼睛，你惠泽一方的
果农的乡语。我必须用一块黑色花岗石的刻写
用九个字的大海，来拒绝你的拒绝
父亲，恕儿不孝——肆虐摆弄一位将死的人
不知会给儿带来好运还是恶报

2007 年 7 月 29 日

上坟记，或去岁 11 月 26 日以来

土立方下降。下降至盖棺论定位置
你就到了另一个地方。之后，一个七，
两个七，直到七个七；
又之后，生日、春节——我的车窗
下着香蜡钱纸的雪。
两个多月奔走的，不是两公里山坡，
而是你七十八岁的距离。
现在，我，还在奔走的路上，离你

此生桑榆，尚有三十二年风雨。
走在乡间农历，
每一次上坟，都是一次还乡记：
我还乡着我的肉身，你还乡着你的生气。
我们在阴阳两界奔走，一个上山，一个
下山，不说话，忍着讳忌。
有一次，医生说，我热伤风了。于是
决定把上坟时间，挪到翌日——
哪知，当晚我就去了坟山：梦中
全是冷汗、稀泥！此刻，想着
一篇小说与另一篇小说的互文关系，
虚构和美，竟成为唯一败笔

2008 年 2 月 24 日

清明诗，或怀念父亲

小时候的清明节，在万源：
后山坡，我摘回大把大把的清明菜。
小时候的清明节，是母亲把一钵清明粑
连同一场热腾腾的香雾，端上木桌。
小时候的清明节，县城的炉火
煽动夏天的激情，全城人民放下工作
不买蔬菜，狼吞虎咽。小时候的清明节

同学欢呼春天，一千条河流
任我撒野，一千座大山，供我打滚。
小时候的清明节，祖父健在，爸妈青壮
我的兄弟，一个读完小，一个穿开裆。
小时候的清明节，不明白老人清晨出门
夜色中带回淡淡的香火。如今，小时候的
清明节啊，总在故乡，只在梦中……如今
我们一边烧纸、流泪，一边踏青、闹春
植树造林，种瓜点豆，许下心愿
——哎，多么希望，生活如电影
可以反放回去，停在一个片断……现在
主祭官，请拿出笔来记录，看我把清明菜
一棵一棵吐出来，让它们回到后山坡——
让香雾回到炉火，让激情回到长松山
让春天回到坟墓，回到我父亲的
骨灰盒……节庆回到节气，阴历回到阳历
所有万物的三回到二，二回到一……我
回到你。这就是今天，我走在
回去的路上，花儿变绿叶，晴空转雨水
一个人的怀念：一个人的清明
父亲，今天，您除了取走香火、纸钱、密语
还请打开儿子博客，取走这首诗
取走这首诗，在高高的山中，读出声来……

2010 年 4 月 5 日

核桃，或智慧

满身心的脑髓，把一张青翠的脸
变软、变臭、变黑，鼓胀得开裂
又剥蚀得如此沧桑。核桃，这无水之水果
这缺核非桃的怪客，这
美食中的硬词，它真是世界上
最智慧的果——大肚容下了满天风雨雷电
和一树祖国给予的全部慧根
除了大脑，几乎一无所有。因此，保卫
大脑，并向敌人发起进攻
是一生的修为、宗教。看，它来了
那么多小坦克高速滚动，那么多战斗机
疾疾飞行，甭说水软的蜜桃、硕大的西瓜
就是人，也有被它打出脑浆的实证
除了坚硬的盔甲，它还用两面十字架的墙体
让智慧息息相通，又四分而居
——那是断一指而安处、抱一团而化一的佳境
面对这铜墙铁壁的强权建制，这厚脸皮的
国学治地，拿捏、体贴、爱情
怎赢获一颗敞开的心？你看这跑出时间的

远古顽童，好吃的急性子

使他没时间多想：石头加蛮力

——他使出了对付顽果的智慧一击

2007 年 7 月 28 日

事物，或后退的羊群

那么大的草原，那么多的羊群
在后退——大鸟倒飞，河流反奔，骤雨
逆降，还是像房子在地下比高？当一队摩托
一群响马，追上并两分羊群，中穿而过
我看见了后退的
脸、棉田和黑夜的昼。当飞鸿、当疾风
当流岚出现……当野狼纵出山谷，闪回绿光
羊群开始以正走的姿势后退
当大河、当断崖、当毒瘴……当前方
更大的草原，被同类吃进更大的胃腔
——所有的羊群都在后退：都在以慢的方式
快速后退。这样的生涯
可攀上斜刺里杀出的时间
等来三千年前的宫殿和情人？
那么多的羊群——大海波涛的羊群
天空云彩的羊群，笔画顺写的羊群
在后退——这后向的前行

这倒行逆施的思想

多么恐慌、广大、无休无止……多么古老

2007 年 7 月 29 日

手艺坊

一个人，将一枚钉子砸入空气，
另一个人，用完吃奶的劲，也不能拔出。
一个人，在针尖上构筑广场，另一个人
毕其一生，也没有跑断。一个人，在
流水上画画，另一个人，为怎样揭取，
花白了头发。一个人，把长江横在唇上，
当玉箫吹，另一个人，在黄河的脸上
纂修乐理。一个人，把一粒词解构成若干词，
并完成一个急转的句式，另一个人
在一行诗中练习胆子，却把智慧和童心迷失。
一个人，在掌纹上建造房子，另一个人
烧了纸笔，把一个魔法口传心授。一个人
不是一个人——是一群人，是一个神一样
的人。一个人，没有手：一个人
无中生有，四通八达，有千万只手
——噢，千万只手
说吧，广厦的空场，寒士的草堂

2007 年 10 月

草堂遇雪，或信于杜工部

跨进草堂，丁亥首雪就落了下来。

雪里：不见江船渡，不遇独钓翁——

万里船泊了东吴，水也下了扬州。雪

大概没能更白，但大邑瓷碗

的确大不如前。这是宝应元年以远的事，

建子月逸出的雪。西蜀冬不雪年份，

你只能手搭晾篷，望西、望西：

望窗外山岭的千秋雪，

感受到面的岷山风。今天

我亦见早梅——哦双重的雪！

静于庭树，舞于蜀天，香于纸墨。今天

依着你的铜像并肩看雪，看见了唐代

的雪：你的雪。又，顺着你巩县的目芒

数去，无数的一粒雪也在思想、忧患，

疯狂地下，令你反思想，不激动，偶着

一词。听，一条东来的侧径昂起头来说：

遇雪我是浪漫的，遇你我是现实的。

作于 2008 年 1 月 13 日，改于 2008 年 9 月 23 日

桃书（十八选三）

桃木问，或手间事

一枝桃木就在我手上，拿它去做拐杖，
掷杖的尽头，会不会长出夸父的
桃林？拿它去做鼓槌，会不会易手逢蒙，
成为阴招杀羿的凶器？
拿它去做门神，神荼和郁垒
会不会为羿的老虎，捉来更多的恶鬼？——又
会不会化为后来的桃符、再后来的春联？
拿它去做剑身，悬于庭梁，会不会
祛除老孟德的顽疾、镇住
一个三龄童的老宅？拿它去做
一万张响弓，会不会射出一支棘制的哑箭？
索性拿它去当柴薪吧，会不会
打死不燃，后又突然反燃，直取千里长安？
今夜星光熹微。这枝折于东南方的桃木
就在我手上，拿它去吧——
它就在我空空如也的手上。

枭桃，或杀鬼之奴

桃花都要吆来春天了，这枚桃果
还在树上——像磔杀的枭，悬首于木。
它干枯的具象，饕餮了几吨
寒风、几山冷雪，令错时的赏花客
一会儿奇冷，一会儿奇热——这次上山闹下的
冷热病，使他对一只蚂蚁、一绺青丝
终生都不能做到平静，客观，不冷不热——
终生都不能安奉龙威，成为政要；
而布下迷杀阵的真魂，却跳身五丈外，于
无物之隙，护其"在树不落，杀百鬼"。
不落，树在：一名悍奴死而圆睁的眼
敌过三百亲兵，压过一国鬼话。
肉身飞散，骨魂显现——这颗藏核带仁的棋子
一条阴河不能发胀，一坡磷火不能近身；
非三千年仙树不能走动，和绝处逢生

病桃，或危险的表达

多么危险的表达！怏怏的愁容令人怜惜
也令人生厌。通往美丽的坡度变得
陡峭、虚妄，虫爬上爬下……吸纳了
毒素、鬼鞭和硬刀——都不算狠。要命的是

它被下了阴蛊、中了死谶。在
下树前，早早下树，是命；在
下树后，迟迟不下树——甚至历冬不落
成为枭桃，也是命。也许吧，
有些病是天生的，这就注定了它
粉碎性的反抗，有时竟带着深深的自责
——风带它去哪儿它就去哪儿：脐口
早已结疤，还不原一宗疼痛的句式，
看不见一记小鸟的梦遗。
是啊，掰开它内核的纹理，
你就翻开了祖国、春天，一朵花的家族病历。

2008 年 2 月

3月10日的双鱼，或和阿毛同题诗

是我在倒立的大海下行走，还是
你在反转的蓝天里游弋？我是
你左边的蝴蝶，你是我右边的梦境？
沿着向上奔跑的堤岸，拒绝交汇相遇——
平行，是我们无尽的相依。你是我，
却在水里沉入生活；我是你，却在
陆地升起花朵——我们的双鳍
从四个方向吐纳太阳和海星。不是吗？
这个月，每天都有不同的双鱼——
今天，我们人鱼不分，那么有缘！今天
我们以今天为镜，彼此修葺：一出生
就成为一个事物的两面，成为
春天里最刻骨的印证和偶句——上联
是一条河，下联是一脉山。你随便
冒几个水泡，也是我满脸的桃花
——这样的互文，挑不出词组的病
语言的刺，谁也不能——包括上帝。

知否？我们的心，是同一颗星；
我们的星，是同一颗心——历书如是说

2008 年 3 月 10 日

十九行致弗兰兹·卡夫卡，或7月3日

动物就是动物，人、甲虫、猿猴
它们的区别，远没有奥匈帝国的下午
与一位德语写作者的下午那么明显
"更大的世界，都是孤独生成的"
一切都很犹太：广大的国度，在最逼仄的
地洞寻找出口，并走来一位职员刁钻而尖锐
的智能。好吧，就算饥饿艺术家的笼子
锁住的不是异化变形的美学，谁又能
逃脱地球的囚禁——就像土地测量员
永远不能进入城堡的核心。喧嚣的政治
人类的闹剧，在这里充耳不闻：要么
醉心于自己的高声朗诵，要么
静悄悄制造一切又静悄悄焚烧一切
生过、死过、来过、去过，一个人建筑大厦
多一人失衡，多两人惹祸——而
一万个人伸手，却不能拆除。在你
诞辰一百二十五年的今天，弗兰兹·卡夫卡

我用十九行溅起你深海的孤独

时间湿了，只愿一场雨不去命名另一场雨

2008 年 7 月 3 日

轻快的，或七月伊始

轻快的这个夜晚是幸福的：轻而快
——相当于付出最小的芝麻，获具
最大的西瓜。昨天沉重，明天
沉重，就这个夜晚轻松。昨天慢
明天慢，就这个夜晚的时间，像三月
桃花一样快，七月桃风一样
稀贵。这就是七月，平原的风
卸下城市、人流，都上了山。我们
也是风带来的——但内心无火、无激情
就算飓风的大麾拂来，也不能令我们睹见
皇帝的春宫，为纯金所动。这风做的山
除了风本身，以及星斗、山月、桃林
还有谁，搬走了我们的负荷：
疾病、烦忧、现实、无望——叼走时间的
是天狗吗？这个夜晚，生也轻快
死也轻快。重要的，变得不重要
不重要的，变得重要——我们才是
世界之心，和心的世界。
这个夜晚，良知与负罪消失，轻快成为

最大的善和美学。侧着城市的反光
走动，坐下，感念：
"噢，所有的，无不高山，无不流水……"
觅与寻，在一根弦上莫名相遇，功能尽失

2008 年 7 月 5 日

事物，或说出

让大海说出蔚蓝、鱼、珍珠和飓风。让黑暗
说出恐怖、自由、星星和猫头鹰的光明
让大地说出丰收、河流、蛇、震颤
让鸟儿说出天空、小人、仇恨与爱。让
蚂蚁说出浩瀚、皇宫、奔跑、力量和一粒饭的
大山。让石头说出恐龙、上古、马蹄、燃烧，及
一帘长梦。让古井说出微澜、嫦娥、李白和
太监心里的女鬼。让一只天蚕说出
象牙、罗马、张骞、船队、
丝绸之路、锦绣山河。让正反说，让哭笑说
重要的陈述，交给哑巴来说
让说出，不停地说出、说出、说出……
在这里，"让"不仅是美德，更是必须！
不要"不"——摇头的支点，是一颗
极欲和危险的心。
而人类，人类只能说出一个词：
感激、感激、感激……

世界在说出中存在和运行——那说出的一切
又让我们委身、生活；思想，并说出

2008 年 7 月 11 日

秋风辞，或情绪的逞能

什么样的事件，能带来这样的秋风？
一个人的离去，产生的反向风，冷，
打得脸青痛。但，一个人垂直倒下，那
带向天堂和地狱的风，怎会吹倒
横向的茅屋、诗句和醉卧的我？落叶还绿着，
心情却已泛黄。公元前 113 年的秋风，令
汾河上的汉帝伤感，想起佳人；令一船棹歌
生出病词的健美——而李白的秋风
更是去了又来的相思吹皱的：具体的发声
在寒鸦唇间大唐般汹涌……冷不
上来，热不下去，平分秋色的风
望秋兴叹，显得多么缺氧、无辜、力不从心！
秋风盛大地来——
动物蹲下，植物抱头，万物怎一个愁字
了得。翻阅阴历，风耐得住脾气

2008 年 7 月 22 日

并非虚构，或拔牙记

人体中最白的骨头、最硬的组织
住在恒温的唇棚，根脉拧紧在肉泥里。
骨头，以及暴烈的团队，常常走出身体的鞘
让白刃的光，一闪，一闪，直到
露出一排白骨，再一排白骨。翕合无常，周而
复始……人们之所以认为虎口拔牙
最难、最险，那是因为老虎的赞同——
所有的虎威，无不啸立在一颗牙上。我属虎
但不是虎牙。这会儿，我要把它拔出。
我说：医生，我要——我要拔出
自己的骨头！就像地震拔出大山的牙——那些
晒黑的凸岩；就像飓风拔出云层的鹰隼，钩
拔出鱼，我拔出你。验血、麻醉针、老虎钳
探照灯、药棉球……一切准备停当。我、牙床
作为甲方，开始与乙方——牙科医生、铁老虎
——拔河。那颗折磨我的裸牙是绷紧的绳。
随着一口血水涌出，牙掉于托盘：
区医院三楼发出悦耳响声。少一粒
骨头，我感到轻松。但年轻医生的沉重，又

令我不轻松。X 光照片、翻找肉泥——老牙医出马
展开第 N 遍排查。崇高的医德、严谨的医风
令我发出野兽般的惨叫——原来，一块牙屑
被怀疑折断在肉里，搜遍牙床，却又下落不明。
无神论者的医师敲着牙齿，一锤定音：
不是不知去向，而是被消化。是的
没有什么不能被科学和时间消化——是的？
"牙痛不是病，痛起来要人命"
这说明，一句好诗的传世，不是技术
而是经验——因为痛的经验，因为把诗写进
痛里，无病生痛的读者有了沉默的理由。
而我——上帝！谁为打肿脸充胖子的患者
拔出时间中的噩梦、黄尘、老虎
和老牙医充满惊艳之美的粉碎性的说法……

2008 年 7 月 23 日

小人书，或成长事

小人书里，有小人，有大人——
小人只占小小的一部分。看小人书的
大多是学生娃娃，大人很少
小人也很少。我们那个年代
小人书都很小、很贱，什么样的衣兜、裤兜
都能装下，什么样的人，都有能力租购
——又很大：大到
梦里也少年壮志，当不了科学家，至少
将军一回；甚至，对祖国的
认识，对爱情的怀想，都始于
一本小人书的连环画面。如今
看小人书，做不了少年，只想做君子
基于对人生的认识，亦为了
把生命拉长、再拉长，我的书橱
几易其位，均端正着对小人书的态度——
记忆在应有的位置下着雪
那干净、朴素的哲学、大米与盐。……孩子

我的没长大的我，离我近些，再近些
那供我受用的，要远些，再远些

2008 年 7 月 26 日

去火车站，或凌晨接母

东莞至成都的火车，经过大巴山时
一阵风，铁轨的风，裹挟了你。整个晚上，你
都在用火车的速度，想啥呢？七十五岁
怎么着，也退不回去了。即使火车倒退
还能倒回内江，你的女中时代？
理想的浪漫，就算抵不了现实的残酷
我也要被你掀起的速度，与火车的速度
两两相冲，让你能安静地睡会儿——最多
在梦中，想想离世的丈夫，和三个健在的
儿子，正如我在龙泉驿的梦中，想到你——
想到你在旺盛之龄，完成的生命
分解：我是一个你，二弟是一个你
三弟是一个你。你把自己三等分
让每一等分自由奔走，顾此失彼。这是
凌晨五时，母亲，我来了，站在你面前
你看见的，不是北站夜灯的炫影，不是
三分之一：这会儿，母亲，我是你全部——

全部的小，全部的大……
脱口而出的沉默，你无一不懂

2008 年 7 月 27 日

篦子，或旧时代的香

退回去，从美发退回理发，理发
退回梳发，一个女子找回自信与美
一个男子，窥见一个时代的
信物与私密。时间像篦子
过滤一切，包括虱子、尘渣、头皮屑……
篦子却不似时间，过滤一切，只留下
时间——为时间过滤的篦子，终被
时间挡在"外边"。后工业、超向前的速度
以及审美的另变，稀释了一切：看，一把
檀木篦子，正液化成翡翠色的洗发水
而贴身丫鬟的手，也被解构成
一位失语的技师。小时候，我偷用过
祖母的篦子，头骨的感觉，不仅像拂尘扫过
还像去唐代的后宫，按摩过。
退回去！从一个秩序退回到另一个秩序
——出门事大，大脑逆来顺受

2008 年 7 月 27 日

虱子考，或形而上之变

世界是由好与坏构成的。万事万物
都是。一条毒蛇、一个地震，无论有多坏
我们总能找到它闪闪发光的地方
虱子却不能。过去，当我们骂地主、资本家
是寄生虫，实际上，是把虱子
赞美成地主和资本家。而虱子的坏
一万个地主不如，十万个资本家也不如！
人类何等巨大、骄傲，却被一群喽啰骑上头顶
用来寄生、供血，成为苦不堪言的寄主、家奴
只有灭虱的成本流动起来，专门的商家
才窥见唯一的好处。更多的人，成全
了剪刀的功能：剃发不为入寺，削发岂是为尼
而一只阴虱带来的效果，不仅让变性狂
疯狂、出想象，也让形而上一时间土崩瓦解
——望着形而下，像望着一位新帝

2008 年 7 月 27 日

捕风者，或捉影的人

风乍起。你还没看清面目
它已无影无踪——剩下的空气，被风
反锁在原处。那时，空气闲散、完整
略显孤单。只有很少的时候，你极速的
反应，平行风的奔跑：风静止下来。
收拢密不透风的网，你从风中抠出沙金
和隐情。更难的，是把过去的风
拽回来，或把未至的风快速吆赶，像暴风雨前
把一群天上的羊，吆回地面。那
风中的遗帝、逝女和惊人的另像，令你只身
前往——你消散在雾中的背影，多像
那位受有重金的杀手。捕风职涯中
被风的长笛击伤、耳目逼疯，是常事
——甚至还被一阵东风卷得无影无踪
又被一阵西风劫去老巢。最难的，是
捕取身体内部的风，像捉影的人，回过头来
捉拿阴天的影、骨中的影和心理的影——现在

二者联手，从风影的宏辞中捕捉潜字、碎词
和散句：听，行宫再次策马，不分朝野

2008 年 8 月 3 日

屋檐水，或天空的重量

雨在下，屋檐水，在滴。墙根边
排水沟，溅起一圈一圈涟漪——
那么圆、细密、生动，一个接一个：
多像雪天的糖葫芦——垂直的雨丝，
横下来，成为把它们串联的小竹棍。
雨停那会儿，小竹棍随水漂走，
葫芦串见了夏天，先是散开，而后
化去。这屋檐水，是屋子的总和——
屋子身体有多大，它就有几多叙说。
我捧着雨水，感受天空的重量，
观察白云、小鸟，与镜；把
这捧水放回地面，
大地的屋顶又跳起音乐的光线。
整整一夜，屋面，这一片一片瓦色的
次级小天空，它们下的雨
把一座一座屋子围合，成为更大的
涟漪。一个一个涟漪，卷着我们下山
从无到蓝，一直跑到大海边

2008 年 8 月 6 日于沫若艺术院

闪电，或所有的……

所有的天空，变成一张逼仄的脸。
所有的色彩，退回苍白的原乡——苍白
也是有力的，带骨的。所有
的速度散开，只为躲避一个急句的轮辕。
所有的漫长死去，只为凸显
一秒钟的革命、三秒钟的银鞭。所有的
声音，跟在指挥棒后面，形成一个事件：
大词爆炸的变现……所有的亡灵
从坟墓中坐起，聆听裂口的熹光。所有的原罪
看见快刀、钢绳、十字架和
一份判决书出场。所有的明眼人，与瞎子
形成互文。所有的锈词
镀了爱情的电。所有的远去，突然归来。
所有的淤雾纷纷打开。所有的喧嚣
归于死寂，死寂被结构成一棵
木棉。所有的热能，转化为单翅雪燕
和冰度火焰。所有的隐喻，只为把
一张大弓藏在后边，让人寻不到那些
响箭的策源。所有的所有，只为把"无数"

换算为 N，把 N 换算为一
把一换算成广大的重量，集结头顶：
"瞧，一线天！瞧，信号弹！"

2008 年 8 月 10 日

事物，或河风吹来

河风吹来：河水打散，一条空中的河
带走身上的汗和盐？河风不走出
河的范围，它反复在河中来去，
冷冷的飞翔，让人
感到一种有力的舒适和暖昧。每一次
风来，河水就揭去薄薄的一层——雪山融化
的速度，是上游对下游的补救；波澜
与风的对称：是词跟词的搭配与修葺。
但河水揭不开鱼的隐讳和
城府。鱼在河水内部掀起的风
沿堤岸根部游走，像十万头猛兽，把无边的
森林喊响。河风从东边吹来，祥云不动，
紫气不动。而一条倒淌的河流
说明不了风的气量。
一条扑上岸来的鱼说明不了故国的态度

2008 年 8 月 11 日

事物，或电风扇吹动

它就在桌面上，对着我吹。风透过
网状金属护壳送来凉意，与
一只铁栅里的秃鹫，扇动翅膀
差之毛发。秃鹫在逆飞里
形成无数张翅和绵亘劲力——空气
无限地错开、错开、错开……风在错缝中
分娩出风、陡坡和疾句。旋转如
刀片时，翅膀充血，快得
一动不动。但是，更大的照耀空间
即使再快，我们也能在另向的零位移中
历尽扇形的摆动，弧线的吼叫。
你看，夏初撒出的一把锈词，裹挟着
一年的冰粉、雨渣——才一季
就被我们的身体擦得雪亮：这
把风吹得更远的风，把我们吹得更近。
但"风的源头"，不是勒韦尔迪所见

2008 年 8 月 14 日

麻雀飞起，或行动之诗

麻雀飞起，地球多少分之一
挣脱泥土，跳至空无：小小土星
引体向上，张开翅膀！白云、蜻蜓、树
集体坠落，换身形而下。麻雀趾爪印章
像三角刀最后的运力，收刀的
一刻，写下祖国深深的羽梦和记忆……
不经意遗落的微尘，在竹林气节处
自慰孤独，望见失节的余穴。
少年眼中，一把碎词撒开，天空美丽的
雀斑，多么秩序，至今不散。明亮的阳光
一条河一条河地送来黄金，只为修缮
一粒灰蒙的美学和鱼。但是，穿透
乌云能量的大，与挣脱大地能量的小
几乎等同。敲盆震鸟的惊雷，拔苗助长
的毒药——这风筝线的主张
贯通时间，也贯通逻辑。雀儿回到地面
泥尘风至，送来土麻大麾

2008 年 8 月 18 日

黑夜，或牲口之歌

今夜就出发，趁黑色还没被阳光污染
让我们昂首挺胸，一起走向梦乡。让我们
无尽地沉湎，放纵和堕落：让快乐
成为一生的根本。趁刀影的白光尚未升起
我们把梦做得比圈栏更坚固，比
草原更辽阔：比一支牧歌更能诠解自由的
灵魂。来吧来吧，大片大片的嫩草在
等着老牛；来吧来吧，大条大条的河流
在等着渴羊；来吧来吧，大把大把的
时间，在等着仔马。窄窄的梦门已经
打开，让我们像跳海一样跳进梦芯，让
悬崖如一刀五花肉耷拉下来。我们今天的
劳作，正是对牺牲的反动，正是
对献牲的戏谑——够了，一万年的屠宰
请允许我们献上四只蹄的舞台。下辈子来临
当我们还原成人类，我们多么希望
一梦醒来不是其他——穿上卡夫卡的甲虫：

小小的，爬行在今夜，这个广大的梦乡……
成为空气，黑着脸，阴倒高兴

2008 年 8 月 20 日

黑窗帘，或去来事

拉上黑窗帘，世界就属于自己。
你在房间练习思想，幼稚，犯傻；
因爱情爆炸一座远城，因仇恨而痛恨
仇恨。你一下异常聪明：整个房间
大放异彩。当天空的黑窗帘拉上，聪明
就厚到深邃。你在深海
薄如鱼翅：薄薄的速度，快如刀——
失却了抖动。眨了眨睡眠，眼睛的黑窗帘
就落满南山。你梦见的蝴蝶
不是一只，而是一群；不是一个盹，而是
整整一回长夜——反过来，仅仅一个梦
却被那么多梦发现、梦到。——还是大！
索性关上心扉的黑窗帘，让世界
一帘一帘小下去……小进去——然后
拉开墓穴的黑窗帘，随自己噤声、羞愤：
一帘一帘爬出，直到成为窗的白、帘的黑

2008 年 8 月 22 日

古今事，或刀锋下的中秋

不到中秋，月亮做不了饼，饼
也生不成月——更不能发出草萤的光
照亮牙齿和内骨。手语脱离皮脂
伸抖为刀锋，我看见一副一副的十字架
在月饼上绽开为秋水：四方萦鸟，八面
泊箫。刀锋不停，切下去，陈句和鲜词
不停地流下来，酒、桂花、俪歌、祖国……
一切都在碎化：碎成水滴，盈满一湾大海；
碎成空气，充满整个天空。形而上的
阴晴圆缺，形而下的悲欢离合，构成完全
又不全的古今事。一柄刀还在
切割、含泪、闪光——这是一柄
环形刀。一年一年滚动，一生一生
轮回：离开纸面的方块汉字，被滚得
多么圆润、现实。今夜，专业，整齐划一，
一切都在翻转、打散、奔走。
今夜，一把麦粉将思念一网打尽

又全部打开——啊今夜，一个人的体制里
白昼降临——暗芒见，嫦娥毕露、舒广裙

2008 年 9 月 6 日

一个人的体制，或无柄之刀

刀无柄，不反对一匹脱缰的马——倾向
一个不听话的人。刀不仅在太阳浴中
冻结敌手，闪现寒光，还在象皮鞘的长夜
把能量一寸一寸收回思想的磨石。流泪
时，磨出的刀口，有苦涩的盐末：有
亡灵的汗味。见血封喉的手段，千里取首的
谲踪，令时间的长恨歌不停地
改弦易辙。它独来独往的步态，是里尔克
之豹，走出栅栏的谱系：更狠，也更善良——
一头孤独而陡峭的母狼，平地起风雷
又收回风雷，消散于无迹。
看见它突然跳出鞘口的人
看见了月亮的残缺。看见它怒目圆睁的月亮
看见了一位盲人的现世。尖利、宽泛
这粒热爱自由的词，反对专制的句式
最终成为自由本身——呵无尽的美！
一个人，在自己的体制里，戴盔穿甲，抗拒
国家机器，建立修正主义。一个人，在甲虫的
绳索下，窥见体制外的乌托邦。罢了、罢了

还是制订自己吧：刀的主张，一个人的宪法——
甚至，从刀到刀，废黜一切：
实词、虚词、逻辑、秩序……
这会儿，让我们眯眼，顺
刀腰纤细的血槽望去，倒悬的天空无限分裂
——分裂出云、风、尘埃，一只鸟又
一只鸟，一个"我"，又一个"我"……
这个黄昏，黎明一样清醒、锋利，无人拿捏

2008 年 9 月 16 日

地理中的铁，或田野读史

表面好远，下掘和仰望几多丈，才构成
一生言说的底线？要讲多少道理
才能把方圆不过两里的村庄，移进
一行诗的记忆边缘？我如此倾心地理
是因为一千部史志，说明不了
埋在地下的一块铁：锄尖绣层、断剑脖口
抑或一颗绣针的缓慢弯曲……
——是因为一千部史志的主张，不如
一块铁的说明来得直接、有力、硬朗和
柔情。在同安镇战国墓坑，我见过的箭镞
它袖珍得几乎没有合适的词可以描述和
匹合。为找到一个铁一样的词，所有的
词，眨眼间轻了。为找到一块
词一样的铁，仅有的铁，退到了时间
背阴处。铁，这大地中的粗骨，最辽阔
的金属：金属中的人民。一场战争的
大小，一个朝代的盛衰，称一称它的铁
就可以计量和说出。是的，一切迹象都从
正反两方面说明：一匹马到京城的蹄速

一片绿林到一个国家的距离，必须由铁定
——所有的知识、发声、荣誉必须由铁定

2008 年 9 月 18 日

血液中的草船，或梦里的纸箭

循环、循环……无限循环的血液，在
有限的秘宫，上下五千年，行程千万里：
一叶草船摇橹身体，涛声去了老远。
而五谷随风分撒的能量，令颂辞滑下桅帆
成为反水的动词。一切多么普适，又多么
吊诡，时间格外用功——
两岸这双手折叠的纸箭，每一天都把草船
喂得饱饱的。"阳光、雨露、禾苗壮"
——这几乎就是我明喻的生长和秩序。
我在我的山河翻手为云、覆手为雨
我在我的朝廷罢黜百官、出将入相
你佐我东山再起，我尊你母仪天下——
把荒诞做成真理，或者说
拿真理等于荒诞。两种道具变幻的魔术
让一千个虚词随物赋形，一梦生二
二生三，三生万物；让——残月分娩圆日：
九个大阳射成一个，两条岸划在一起……
可借不来纸箭的草，载不动三生石的船
凭什么去循环奈河桥反做的梦鸟和

那只释梦的巫蝶。今晨，生活的平衡木
万物两分，草船与纸箭不说话，此消彼长。
我中穿未过。摇翅单飞未果。
从零到零，一条大河送我去远方、归故乡

2008 年 9 月 22 日

灿烂，或黑色桃花

透过三棱镜折光的梦变，桃花脸
不仅一会儿红，一会儿白——红白之间
揳入了唢呐，瑰丽事。春天，花儿真多
比花儿更多的是大地柔软形体上，满目的
色。它们真密啊，整个三月，因此堆积、
变厚，往下沉——五马分尸的制式、
速度和力，恰到好处定格，唯是
凸显花蕊小小的羞涩与
一季的傲？今天，所有夜晚的激情
只为一朵桃花留白；所有白昼的色彩，只为
把一朵桃花变乌鸦；所有的出现
只为九百九十九朵不出现，或者说
出现在异乡、灯下和反面？相信眼睛吧
尤其是眼睛中，黑的那一部分
现在，灿烂就在掌下盛开，指缝溢散：
灿烂如一只静蝶，慢慢展翅、欲飞
就此，我们可以翻手为云、覆手为雨？就此
我们可以吸尽桃花全部的黑，还原
整个世界的革命、不革命和脸红？

——更多的时候，一朵桃花出入黑白两道

上下年之间，上下梦之间

得气，流红，揣度独自灿烂的可能

2008 年 10 月 15 日

一个木匠，或一个非木匠

一个人的出生，是公元的出生——
周岁与虚岁长着同一张脸——
是一匹伯利恒马，从时间深处走出
又走进：星星进入耳眼，牧羊的人
是最幸福的人。一个人的倒下，是一万个人
不倒下，是十字架的升起，是
一颗心长高，或降至与十字架齐平。
一个人的复活，是天堂的复活，是死
逐渐变淡，出现活的浓彩，是一宗悖论
反鸣，成为正理；是一万块悬石
落到地上，换形一万只春鸟
站满拿撒勒的肩头。一个人是一个人
又不是一个人。一个人不说话——
一个人说了一万个人的话。现在，不光
鸣钟的堂，好些地方，连铁钉、木架、绳子
都会行善——它们做弥撒、唱诗歌的
样子，像一些人、又一些人

2008 年 12 月 25 日

赠友诗（十八选六）

石达开之死，或凌迟的东大街
——读蒋蓝散文《与绞肉机对峙的身体》

你的天国不太平：天色
昏暗，密云不雨——三十三年的
血，把一条大街的丽崇反冲，又正洗
臬台衙门的进深，以假街的打横
礌杀了紫气的方向和钟点——六千亲兄弟
一条大渡河，在天空饕餮刀影：
送不来飞翼；东大街的快马
全都死在东大路上。一百多刀的时间
打开秘宫，又被拖进更大的
秘宫——透过肋骨的栅栏，透明的石虎
在十字架上冷笑，疾走如闪电。
远去了，这初夏的冷空
成都的寂地，东大街的长绳、厉鞭和痛
——太阳不经过，形成断句，直接去了
西边。你的活肉，一块一块塌着方
只为亮出铮铮骨头？刀尖的吐词

与骨渣的吐词，比着钢火。
额皮遮目的首，在东城门悬着
——天国的风铃，叫不开清廷
西城的门

洁本，或思想的银匠
——给胡亮

右词出语，曰：国语中的汉奸，西行的
慢船。左词发话，云：东方的
前朝遗老、汉字的民族英雄——你这
居于成都的遂州名士，词语中的
双料间谍！在美学的地下铁
醉心开元天宝遗事，妓围、颠饮
敲冰煮茗、香肌暖手、美人呵笔
——所有这一切，只为写下时间的互文
而所有的醉心，更是，偏执风月的段落
放弃足本。前不见古人，后不见来者
一个乡党没有梦见另一个乡党
——"女儿，你的失败战胜了一切"
作为后来者，谁出口成章，让
时人和更后的来者，望见前面的古人
——这需要多少个贾岛来送词
多少回推敲来成句？从幽州台回到读书台

从毛驴回到长江，一位才俊在激昂文字
一种批评在形成元场，一轮古月：
一位思想的银匠，在清明返乡
低语，洁癖，胡乱的秩序闪闪发亮

清明急就章，或纪念一位无名英雄
——读杨然《寻找一座铜像》之"几串钥匙就用他
的指头铸成"句

《诗经》中的东门，站着一群
偶数的爱情。成都的东门，站着
一位战士，一支汉阳造：一尊茕茕孑立的
铜像——最小的奇数，画着三百万川军
抗战的集合。我说，兄弟
出了这个门，还能回川么？你说：
"国有殇，汝知否？"
你面向东方，脚下的草鞋在吃力，
背上的斗笠在迎风。可是
返身熔炉，完成浴火，一定要漫长的
噩梦来修辞？一定要用你的断指
才能铸出城门的钥匙？可是，兄弟
你知否，这样的话，我打开城门
又能看见什么？空空的城池，
失之的东隅，到哪里去收回桑榆？

——空空的东大街，幻想着一九三七年的
军歌、鸡蛋、脚步和秋天。还是去问问
刘开渠先生那雕塑的手吧。绊倒东门，
北边的万年场，西边的少城——
战士在一座城池辗转反侧，欲走还休。
有名的无名英雄，
在与不在，都有换算：
人铜随景，互为赋形，比着时代的重量。
是啊，白驹过隙，小鬼子吃了铜弹，
已然走远。可是，"国有殇，汝知否?"

善本，或洛带饮红花郎与柏桦谈《左边》

红色被汨罗江收走，借
一杯透明的文火还魂，在晌午。
夏天拢帘门，才要脸面，又上心尖。
菜少许，酒将进，广场倾向左边。
诵几遍《离骚》，忆一回少年：
蛋糕、鲜宅、逗号，和今天。
而抒情——供销社饭店酝酿，
广东会馆回旋、散开，筑巢诗之洛带。
品楚辞，话唐诗，望气的人
柏桠为香，桦皮为衣，站在水中
又在风巅。重庆、广州、成都、南京……

风水日日新：下江南，去扬州，
再登夜航船。今日新——
锦袖舒缓，汉风习习、匀净、生动，
小镇清洁赛神仙，红光满面。

锦江叹凤录，或赠张放兄

锦江无鲲，你就不会住下来，等凤
又叹凤。你就不会以肖似的古风：
高句的形意、辞翁的韵境
传道、授业、解惑，把弟子渡到江那边。
大鸣大放，哪及孔圣人，轻轻一嗟叹
轻轻被嗟叹？多少人、多少事
都付笑谈中——"逝者如斯夫"
锦江把这声叹，一遍一遍波来，澜给你听。
幸好，你没看见蜀人捕麟
否则，蜀道上了青天，也会被你叹断。
无凤可叹，无凤毛麟角于当世出现
于是，你折身古诗鸟道
去了宋唐，而后春秋。天命清朗，凤兮
凤兮——知了知了，你已知了：
梦中舟楫，顺江而下，夜夜经鲁……
所谓，学富五车，才高八斗，著述等身
统统经不住你撒字江中，轻轻一叹——至多

再走七步，回首，欠身，追加一叹。
周礼一样的文态和身形
像凤云，像子曰。而那磨墨抬纸的鸟
是年轻的丽凰，紫阳与水的浴火

复本，或给席永君

你一说话，故乡就脱口而出
多少年过去了，你的语码
都以大于成都文化宫和李白江油的
记忆，带我通往辽阔的秘径。我们都是
大人了，那些大于西瓜的童年愿景
正被芝麻取代，正被你钟情的
比芝麻小的、更小的物事和细节送回原乡
朴素、少油腻、寡结交，坐在
往来城乡的公交车上，你的词
粒粒可数，少得可怜，而又
并非词不达意——这词的终点站，令
抒情的童年识得乡音，却
淡于抄录——这让瘦形的青春流泪
抛下文君与相如，不再梦古邛
作私奔之想。而你自得其乐
瓷影里长发搭肩，安静，节俭，审慎

足不出蓉；更如
纸书，一轮下弦月，一介谦谦君子

2009 年 4 月 2 日—5 月 28 日

手链吟，或福祉如约

一切都在呈现：石头绽花，大海
开门。一个喇嘛的脉息，十五粒佛珠的
低语……九月，西藏从四面八方
撒蹄跑来；九月，西藏在左手转圈
无限环绕。才一百来天
桃花还没掀红，酥油灯就点燃春天
——本命年也还在赶路。告诉我，多少
雪山在抽丝哈达，多少圣域在放飞
天鸟。从手腕到肋骨，从
呼吸到内心：语言发光，云开雾散
攀过天梯的人，是有福的人；攀过天梯的人
顺着楠木珠玑，向上升去……
这一年，缘即圆；这一年，我的女人
格外温柔，我的儿子总来上酒
哦远方的朋友、亲人，一团红云
走在日喀则到拉萨的路上——
一团红云，走在成都到成都的手上——

一分十五，十五合一，那么滑润、贴切
像雪融，更像融雪：变化，看不见

2009 年 12 月 9 日

一粒词，或致保罗·策兰

一粒词，一粒自己的词，挟着
犹太的血统，从时间的集中营
一间房一间房穿过，无一错漏——父与母
前边倒下，后边远去——纳粹是另一粒
词。从泽诺维奇，到布加勒斯特
一粒词成为一粒词。而偷渡维也纳
一粒词：一粒打不开的词——打不开
直到今天。读吧，这些词：骨灰瓮之沙
罂粟与记忆、无人玫瑰、寿衣……——这些
在天堂与地狱间出入有时
飘浮无依的词——这些，打不回原形的词
——这些，灯光递不进去，主黑暗的
词。这些天才的，疯子的，通灵的
大树：枝繁叶茂，根系发达——向四方
传达一种密码，收回另一种密码
生与死，谁也说不清道不明的语境
一粒词的主张，多么孤独、收缩，多么异乡
——领受巴黎的大海，把一条鱼高调放养
和深深扼怨。一粒词与所有词角力、较真

仇恨至春天的塞纳河。最要命的
是《死亡赋格》——它是你的
思想开篇，又是你的身体绝章。保罗·策兰
这粒词，"隐藏或保密了什么?"
哦哦，一切都在远去，浮尸顺流而下又
突然站起——转身之间，逆河走来，一如
古蜀时期的鳖灵，近得那么远
令天才的李白仰天做题、低首无解

2009 年 12 月 31 日

Dance Of Earthworm

辑三　蚯蚓之舞

(127－228)

萨满小传，或在北方

这个冬天，萨满从一本书中跳出——
这个冬天，由手至心，我不再寒冷……我看见
萨满在北方：在大兴安岭火塘中舞蹈
在贝加尔湖冰地里歌唱。我看见
北方在萨满左手飘雪，大山大湖
在萨满右手歌舞。萨满的机制飞化如香：
三千遍身的魔语，三万份体的请柬
一寸一寸开花，移向鬼神之界。一场决定人间
故事的天地盛宴，在萨满肉身的剧场展开
——所有鬼神的语汇，住进萨满一词
找到马匹、行宫和异乡的家园。绝舞在继续
劲鼓在继续，亢歌在继续。别人的女儿
开始发芽，别人的树木开始呼吸；落叶的
是自己的女儿，咯血的，是自己的树木。
"出来吧我的神，我的精血！"让自己退出
退到广大的北方，退到梦芯……这个时候
灵魂出窍，鬼神出窍。一场生死
一场胜负，萨满在开局，定数在成形……
萨满再一次成就萨满，萨满再一次成为萨满。

从古至今。整个北方只有一曲舞，一支歌
整个北方的歌舞只有一个名字。
整个北方，只有一团火，整个北方的火，只有
一个名字。这个冬天，广大的北方
北方的北方，只有一个人，一个非人。
——它们只有一个名字，叫萨满，叫萨满……

2010 年 2 月 23 日

说诗，或一个人的潜规则

在一些看不见的天空，一些
鸟儿照样飞翔。这才是它们真实的
历史。我们不是鸟儿，因此
看见的只是封面、脸谱和逆向的风
甚至体温、血液、心跳都是假象
——在我们给定的天空，鸟儿从来都是
顺民：它们用羽毛、声音和美术
为我们工作，借此微笑、私吞和贿人。
与鸟儿平行的，是诗歌的飞。显规则
是诗歌的规则。上述规则以外的
规则，也是诗歌的规则：众人的
潜规则。我的诗歌，是一个人的潜规则
它存活于权力与民间之外。边缘的边缘
机能几近麻木，权利几近死亡。我
只与我的女人默契，只与我的词语
互动。私语、媾和、游戏、狼狈为奸……
这就是我的工作与生活的全部
——全部的潜规则：全部的诗歌
你看，那些与诗歌平行的鸟，它们自己

却在交叉、下毒、死亡。这再一次说明：
单独的才是有力的，灿烂的

2010 年 2 月 28 日

忠诚，或想入非非

有一个词，像狗一样忠诚于我。怎么
说呢？在我写不出句子，想一个词
想得快疯掉，一阵风跑过，它就蹦了
出来。一首诗什么都不是，它立在那里诗眼
就流来了大海。一首诗已经死去
它汪几声，诗就获救啦。这样的情况
发生了多次。随着年龄增大，我对自己
已不抱信心：变化、游移、出尔反尔
它都还能忠诚于我——我都
想不出拿什么喂养了它，它仍然
跟随着我。这个词，即使黑夜也醒着
这个词，即使饿得冷得只剩下半条命
也能一跃而起，扑过五岳的波涛，落在
长江的对岸。有一回，我出了远门
当我回到老家，整整三年，它还蹲守在
我的词根处，一动未动，整整三年
它早已不是一只乳犬——哎，一头老狗的
忠诚，得由多少家奴来练习、多少
情人来比对？它是

我的紧张、全部：一生的关键词

没有这个词，我拿什么来走路，来老去

2010 年 3 月 5 日

给母校，或致一棵玉兰树

一枝表白，一枝表红。但这一枝
专专心心，只开白花，只言俚语。我说的
玉兰，是连通大巴山与岷山的玉兰，是
香飘后河与渔子溪的玉兰——那一天
是个节日。那一天是所有树木的节日也是
我的节日。那一天
我在漩口中学接到万源中学电话
声音沿岷江大峡谷游走，如房子——
那头平顺、开阔，这边倾斜、裂口。
王校长说：你是一棵开花树。是的
我说的玉兰，不是所有的美，它只是
万中的那点绿，它只是母校的那点香。
是的，我说的玉兰，它甚至不是玉兰
它只是一些分行文字的喻象，只是
一首诗的成长：春夏秋冬，花开花落。我
说过，与这棵树合影的四位小校友
多像四行翻立的诗！哦玉兰——
多么县城、乡土，石头与花的合成：
多么朴白的唱和。它是

我的对称与平衡，凸或者凹，一个镜像：
中年对于少年的树状的逻辑与回忆……
那一天，青春在远方伸枝
花团锦簇，映秀无事，我独自地震

（注：母校将一棵树挂牌命名为"凸凹树"，有感。）

2010 年 4 月 3 日

重读北岛，或春天祭辞

整个清明，除了给父亲写一首诗
我都在读三个亡灵的陈年旧事。那是
三、四十年前，北京、上海、沈阳，三粒子弹
一粒射中三月的马，两粒射中四月的花：
金属跑起来、发狠话，要了春天的命，也要了
表达、自由和常识的命。三粒子弹
离真理的距离，只有尺许——谎言现形
图穷匕见，比任何时候都要惊慌、单薄、清晰
"也许最后的时刻到了/我没有留下遗嘱/
只留下笔，给我的母亲/我并不是英雄/
在没有英雄的年代里，/我只想做一个人。"
我知道，这是一个诗人在《宣告》
今天读来，才发现，它更是
所有春天的《宣告》。多少年了，我还能感受到
金属刮起的风，多么反动、疾速，苍白无力
——失败的美学，只有时间才能揭开
——叛徒的逻辑，只有诗人才能预兆，且句句成谶
这是清明前后，阴阳反叙、因果正说的季节
地下的冤魂，天上的亡灵，你们可以

不相信一切，但一定要相信时间——
相信时间可以唤回春风，相信春风可以
一波三折、囚禁野火，相信子弹可以成为小说
相信自己可以复活：年轻、神经、略带毒素

2010 年 4 月 6 日

遂州日记（七选二）

金华山，或登陈子昂读书台歌

女皇！庚寅初夏，一只诗歌之虎
洪水一样射出！一千三百多年过去了
那囚不住身子、斩不了首级的
昂啸之吟，此时，正以一团山的咳嗽
抖动在我面前。从一页山野之书
到一朵宫廷牡丹，从砸琴投卷
到进士，到文书，到
讨伐契丹的国家征战
一位随军参谋，前不见古人，后不见
来者。但大唐诗歌见到的
是自己的源头，正从幽州台
奔流直下，高高涌来！——诗歌造反了：
一个小官，一首反诗，以倒飞的线路
比时间更早地抵达词语，比词语
更快地切入参差不齐的血。女皇！
现在，我要从大海回到长江，从
长江回到涪江，从涪江

爬上金华山，登临读书台
石梯陡峭啊，古人看不见古人，连来者
也不能看见——杜甫、胡亮、凸凹……
每一个来者，都在为谁沉郁？
——念天地之悠悠，独怆然而涕下
女皇！小官返乡，壮游复又开始
复又，从一块拆下的肋骨开始

大英铭，或明月山读《长江集》想起贾岛

在大英，我要做的唯一正事
是沿着郪江、涪江的坡度，击打八仙鼓
把三千只河灯，放成三千行瘦诗
放成皇帝诗歌梦中，一节不能删除的
病句。在大英，一个北方人戒掉大雪
一个北方人爱上所有人
三年在任，卷不释手。五律的
流水，云笼雾罩，蜀山也不能抽绝
县治的官帽与京城的户籍
在一个诗人那里换算
获得气场的转场与求证。在大英
我要做的唯一正事，是在死海上
翻白，一声不吭，登上明月山
寻找词的遗址：读书、苦吟、推敲

一天中出世十二遍，入世十二遍，长安
搁在左腋下，啸剑套入卓筒井。是的
在大英——唐时的长江，我唯一的正事
是一个人想起另一个人——
花甲任上的主簿，囚在驴背上的诗僧

2010 年 5 月射洪—大英

我的颈椎，或诗歌的腰椎病

缝隙诞生一切！包括岩缝、树缝、骨缝和
心理之缝。压迫诞生一切！
包括内外之压，正反之压，和不压之压
比如生命诞生于缝隙，比如诗歌诞生于压迫
——当颈椎的间盘把诗歌压迫得不再伸展
弯矮的，扭曲的，缩手缩脚的诗歌
一夜都未熬过，朗诵，即成腰椎的呻吟
还是去看看热闹的停尸房，清冷的藏书库吧
颈椎压死多少诗人、多少诗歌！而古代不：
在古代，李白仗剑步天下，杜甫颠沛
追车辇。还有周游的孔丘，刺虎的陆游
抗金的辛弃疾。即或做功课的当年
古人也有良方两单——
一单用"头悬梁"治颈椎
另一单用"锥刺骨"治腰椎
噫吁嚱！如今的诗歌已不在山水和女人那里了
已不在忧国的边陲与忧民的朝野那里了
寻诗，有人以车代步，以电脑代笔，以书本
代生活。一个字，一组词，一行诗

牵动多少神经——连二百零六块骨头

都在吃力与倾听。人与诗，颈与腰

相互医疗、换算与生成

这就是中年与少年的不同，对抗的宿命？

妈的！直到透过身体的风

再也吹不动粘连的美学与麻木的修辞，直到

精神的河流再也爬不上增生的城墙与膨出的大山

诗歌的句式也未给我们稍有松绑：成为预支的断章

2010 年 9 月 17 日

杜宇评传，或望丛祠走笔

——组诗《蜀王本纪》之一

　　望帝去时子规鸣，故蜀人悲子规，鸣而思望帝。望帝，
杜宇也，从天堕。

——（西汉）扬雄《蜀王本纪》

从天而降的，往往是
作品前夜的灵感——那一刻，杜宇就是
蜀地的灵感。当天空的有限采气
化作大地的循环艺术，渔猎退避三舍
农业浮出水面。时光更是教科书：所有
末代的帝，都是诗人——望帝也不例外
权杖可以放弃，女人、山水与酒
不能不要。那真是一座舒服的宫殿
兵来将挡，水来土掩，大臣都在外边
当山林接走春天，事业化作杜鹃
农历三月，成都西边的鸟儿昼夜啼血
人民普遍唱诗，熬药，历尽思念
羞惭，是一生的美德

2010 年 11 月 3 日—9 日

词的聚首，或词的非聚首

多少年，羽翼一片一片飞落
裸鸟，空如白丁，薄如雪纸
铁从西南角吹进，一条老狗去北方
何必再言国家。天下已定
大势所趋，都的门大开大合
而她，已升平到秦淮河画舫
改名换姓，隐去象征
——这张纸大如锁具，文字稀疏如
旧臣的胡须，如明亮的暗夜
一首诗四面楚歌，霸王别姬
首尾不得相顾。青灯黄卷
一个你寻找另一个你；黄河岸边
"一个词牵出另一个词"；
边陲小镇，一个梦找到另一个梦
喝酒，吃肉，送马赠刀如袍泽

2011 年 4 月 5 日

机器时代，或练习

荆轲刺秦，项庄舞剑
——多么成功的失败之书
不沾血的词锋，滴着不枯竭的血
而磨刀的玫瑰，年年都在祖国
准时开放。有时：武的词性
配有文的河流；文的语汇
绑有武的骨头。更多的时候
文章被阉，杀戮成为高级趣味
崇高的理想，见血见骨的表达——
低垂的天空下，一笔程仪带她去远方
羊儿吃草，草儿生长
万事万物两两相望，此消彼长
一笔一画怎干过电脑，怎干过机器
华彩散架，修辞无基
说什么杀敌三千，自损八百
说什么我是我的幕僚
我是我的刀笔吏

2011 年 4 月 5 日

弃词恋，或颓废癖

每树成林，假山成真，诞生——
呵，一座废园！推土机刚报喜讯
又致悼词。来了，冷却、退后、文言。
而你，正沉溺于一只蝴蝶，一朵梅花
沉溺于想象尽头的漩涡和战栗。
谁在拿诗酒博命：去年此门，人面桃花。
两条狗影跑破狱城，一条快，一条慢
一条很机器硕大而疯癫，一条像自己
贴心而温良。为了慰对，一只多年不见的
雌鸟衔回大海；为了记得，一列火车
把节数与变数挂钩。清者清，浊者浊
关注的范围，不过临渊照影
那么小、轻、不重要。过客去往，行色匆匆
你摇出青楼，马放南山。有仙人批曰
斯人有美德，一脉逍遥，一脉逸乐
又曰：亦有宽趣，一粒弃词，捡去毕生

2011 年 4 月 29 日

塞上记，或一百零八塔

在青铜峡，汽车一个拐弯
我一头闯进，西夏的数字时代
相信一百零八种忧烦的，是
一百零八种祈愿；支撑一百零八种祈愿的
是一百零八种忧烦——
在青铜峡，塔是忧烦的，也是欢乐的
定性让位于帝王与工匠
定量从一只掌纹开始，成为数码与功课
在青铜峡，佛是数字的，喇嘛是数字的
转圈，步梯，大河的升降尺度，也是
数字的。而数字，上尖下宽——多么
有形。秩序在山河间生成时间
时间在山河间生成秩序。思想法则和
美学换算，被一只黑天鹅
朗诵在先。在青铜峡
语文老师遇上的数学难题，麻鸭来解
数学老师遇上的语文难题，黄河来解

三角形的雁阵倒挂大地
成为龙骨和基本

2011 年 7 月 4 日

黄河颂，或保卫黄河

流动的固体，固体的流动
黄河作为黄河，有着自己的语法和
逻辑。保卫黄河，书生百无一用，但词
增加着黄河的可能性，血性，与柔情
有一个冬天，西夏冰封，黄河流失——
仅仅是词的流失，美的流失……
颂黄河，一笔一画都是牛羊，每唱每腔
都是沙枣和红柳。保卫黄河，风雨
就出风雨的力，诗歌就出诗歌的力
即使不去《诗经》寻找乳头和歌谣
黄河也去了竹简，那流动青铜的土地
群鸟的星宿。今夜——每一个今夜
马匹梦见革命，革命梦见爱情
我的母亲在黄河，我的九十九个女人
九十九个女儿在黄河。作为
堤岸和祭祀，出乎河之左、河之右
河之下——我在任何方向反对玻璃与蚂蚁
反对中产阶级。处高而居，处低而居
上下的暴动多么广大、海拔、和平，多么

锦绣华章。当然，黄河的反应是不可逆的
——黄河可以作为河流，河流
却不可以作为黄河。那是六月
太阳反扣水面。贺兰山下，金沙湾上
我看见黄河的真理九曲回肠，混沌汤汤：
直接、透明，从远方去了远方
——我看见水中，一个自己又一个自己
成像清晰，巨大无比：直接、透明，从
面前去了远方，从远方去了更远方

2011 年 7 月 4 日

酒闹，或夜宿黄龙溪

美学黄了，坡面打滚

磨心醉倒，小鱼儿小虾——

都是浮江来！成都部分最近

稍远岷山，最远天空

——雪线、牦牛、无边的蓝。

两岸树，有桑耳，掏石瘤：掏

蚕丛。鱼凫飞来，老还小——

人民唱歌、放气，眨眼五千年。

李冰分流，句法变，收拾旧文章。

三县设衙，五更敲梆

主义虎踞龙盘。

少城船只，偷运锦官城

码头这个江匪，劫了几幢锦、几匹房？

光阴上岸：古龙、镇江、潮音

——哦三个打钟的仙，三个

焚香的人！鹿溪追岷江

黄桷树下雨，送来渔女与眠床。

使车、吆梦，外省到此镇，词与物

陌生与熟悉：一根面的距离

2011 年 10 月 28 日

母说，或家史

外爷，一支从未谋面的枪
响了整整一下午，打死的
是外爷自己。母亲的叙述，不断卡壳
二弟以电视剧的方法，不断接片。
难为母亲了。六十年前的女中学生
思维在旗袍上打折，在英拉格手表上
发夜光。欧洲自行车外圈
五十年代革命路，左右卷舌，莫名打旋。
耳朵问题是一辈子的问题，声音的胆子
在耳障中闪电、打雷、转弯，成为
高调与危塔。智慧于死亡前夜，把警惕
松弛成一声，体面的感冒。
何必呢母亲，你倾倒的，已经流回了你
而沉桶的隐秘，还在蝴蝶梦中
想着突围、安全、碑，和墓志铭。
你的母亲，我的外婆——
最初的农家女，最后的黄肿病——

中间一直是中间：
爱情、操心、跳塘未遂

2012 年 2 月 20 日

阅读备忘，或张大春的江湖

上册的老鼠，在下册
长大智慧——长大成老虎。老虎
不咬人，也是老虎。洞穴内外
奇门遁甲，我的世界，看见你的眼
——横竖两重天。
庙堂也罢，江湖也罢，道路
伸进大海，窝巢迁播，分明的恩怨
时断时续。而一粒残字，卡死机栝
又把整书挣裂，成为断章与散页。
——练家子，多么庄严与好玩，重大与无聊
忙坏了小说家，也忙坏了好读者。
说好去去就回的，说好不见不散的。
城邦昏天黑地。这从五楼跳下
蹲在红砖地上，巡睃四周的画面
多少年了，还是
无穷的驱动力？打开暗语的
窄门，缝合隐秘的补丁？看来兄弟
就是喊一声老大哥，骂一声好小子

2012 年 3 月 12 日

不断的刀（长诗）

1

不断的刀，比如时间
比如空气，比如阿拉伯数字

不断的刀，杀狗、杀人
杀敌三千，自损八百
见血，又断不了生气

不断的刀做一场梦是另一场梦
时断时续
它一直插在断刀的鞘里

乳汁、经血、精液、誓言、朝代
堪比真理，堪比矿脉
堪比断刀

不断的刀不断断下去成为断的刀和
不断的刀

2

不断的刀开口说话
就有了口锋

口锋杀人
其实是断刀杀人

断刀杀人
其实是不断地杀人

当沉默得三缄其口
不断的刀断无遮拦

一连串的唾沫与牙口
与断刀比钢火，比耐力

一天拦腰切断
夜晚看热闹：上下午打架

3

不断的刀即使成为阶级
也不能把一幢高楼送上月亮

成为流水
也不能把一片大海
钓上眠床

用天上所有的星辰加力
也推不动一块空气
也喊不回一个失恋的人

哦即或机栝
也可以秘密抽拔，公开结束

4

不断的刀
压根就不像刀

街头抽烟，茶馆瞌睡
书中排队
庙堂躬腰搭背

我拼着命写不断的刀
只是祈祷一种可能
一种重返

闪闪发光
哪怕一瞬，抑或回光返照

5

不断的刀满脸扑尘
锈迹斑斑

不断的刀被一条大河冲开
两岸的刀偃旗息鼓
偶尔思念

哑刀插在身体中
是一把，又是二百零六刃

断刀不断，聚散两依
死去
为了骨头的歌唱

6

一刀两折
我用一双刀筷夹菜

如果铸杯
就拿来喝酒，比喻女面与靥

鱼和熊掌到底不能兼得
不断的刀送来不断的美学与逻辑

不断的刀连一角锦袍也割不断
不断的刀还有一名
叫袍泽

时间不让座
针不让缝
不断的刀更接近理想

即或易手
也还是刀的乌托邦

7

我说的不断的刀
是指折不断的刀又指在时间的刀袋中
一直拔下去又一直拔不出的完整的刀

先刀口，后刀背

它的叙事
纯属自传性质

刀主病得厉害
刀主在炕上的冷笑比刀主的病更厉害

不断的刀不断滴泪滴一团火又一团火一把刀又一把刀

8

有多少不断的人
就有多少不断的刀

不断的刀与人成正比
也成反比

刀犯起间隙症来
科学也拿它没治

不断的刀与世界成正比
也成反比

9

抽刀断水
不断的刀硬不过液体

不断的刀总与液体有关
与蛋白质和盐有关

刀翻山越岭。石头过刀
但刀总也过不完液体

过火焰山时
刀不断滴散不断成为液体

刀在白天冷却，变暗
在夜晚回暖，静静发光。让世界安静

10

这个人叫李大志
他也叫不断的刀

这个人叫张小娟
她也叫不断的刀

这个人走在人群中
形成整体主义

如果没有粮食的磨砺
刀说话，翻刃，带着卷舌音

如果没有刀的磨砺
骨头向皮肉发展

11

不断地写刀
这证明
刀是写不断的

刀也是砍不断的
头发断于刀口
我们看见了风

我们看见风中
金属抖动的光泽
看见更大的风

而风是连续的
渐进、无级
消失的路上，无数的断面紧紧依随

12

不断的刀，相当于理论说法
在农民的辞典里
只有铁匠与麦子

诗人也有不断的刀
句子把词锋收敛起来
所谓词组，就是共和

愤郁的时候
词锋更纯、更钝
直到完全沉默

对不断的刀来说
懂与不懂，作用不作用
刀都是刀

13

未完成的谋杀
未完成的造句
不断的刀，未完成的总和

一排肋骨，两排肋骨
刀架
铺排于身体的祖国

干吗呢？
回家的路上
是刀，就收不住脚步

远行更如雁阵
长空万里
太阳也扛不住一把刀的光芒

14

打井，刨煤，乃至粉碎
是刀

砌屋，出粮，乃至反粉碎

是刀

不断用刀
刀来得风快或者比火车都慢

刀哇刀，这一刻
脐带的喊叫拖儿牵母。这一刻

风水的刀修整着世界
羊水的刀让世界面目全非

出气。欸乃一声
也是刀

15

不断的刀沉入底层
叫地震，也叫地火

不断的刀升上天去
叫冰雹，也叫风暴

不断的刀，断成两把、三把、无穷把
又拼着老命回来

这是不断的刀四散而歌
相当于十面埋伏

多么好永夜！
危险是安全最好的邦邻

爱情、思想、玫瑰、家国
无不是刀做的

16

当火车头拖着刀子纵向而行
枕木的横刀
把你我送向远方

横竖都与刀子有关
断与不断都与刀子有关
绑上十字架，你我飞翔

这会儿
你如果做横，我就当竖吧

让我们身不由己

时友时敌。负刀而行
代表天地同心，刀人合一

并不老实的一横一竖
也可以写出一些老实的字

17

占山为王
一把刀自立山头
一束刀自成帮派
上山下山，削平一个山头也是刀的事

所谓江湖
从古至今都是刀的江湖

比如诗坛、球界
流派、盟主
多少身怀利刃的主

比如屠宰行，庙会行，股市，花业
比如丧葬行

更多的人独行江湖

十步杀一人
翻手云，覆手雨

事实上，刀
上不了飞机，过不了安检
刀市冷冷清清

至于镇上的刀铺、炉火
已是清末民初的事

18

不断后退的刀是致命的
血槽在后退中爬上亲人的瞳孔

不断前进的刀是惊恐的
但化解往往在一招之间完成

刀猫着不动
刀盒锁定世界，囚犯交头接耳

刀像喜鹊消失
刀像豹子扑来

很明显，不断的刀
已从名词刀，变成动词刀

刀一下，又刀一下
只有雨，才能淋雨不湿

19

先是刀童，后是刀仆
刀风生水起，又
反客为主

不唯刺猬，鸟儿升天时
刀五彩缤纷，飘然而下

一切都是连贯的
说一气呵成也不过分

不断的刀寻找一生之刀
带刀的人走过去了
刀还在不带刀的人手上

20

这是一个叫刀的人
譬如说就叫刀郎吧，刀郎就是一个叫刀的人

这个人杀人
见骨见肉不见血
这个人一刀一刀杀人
杀一个人
得七八十年，甚或百年

这个人温柔的一刀
让人很享受，又让人愤怒

愤怒的人都是不断上瘾的人
"这个挨刀的！"
上瘾的人挨了刀开始骂刀

这个叫刀的人隐居江湖有些年头了
这个人在三千里以外
名字杀人
名字隔着一棵草杀人

21

将一把刀拉长或缩短
砝码不变
宿仇与旧爱不变

将一把刀投入梦的睫羽
女子、小孩、善人
所有人闭着眼睛杀人

所有人跟着刀走
跟着梦变
只有一个傻子原地不动

傻子住在刀的身体里
梦的血液中
傻子流水不断，随物赋形

22

最后一根稻草在诅咒不断的刀
脸苍白

最后一根稻草在挑逗不断的刀

脸潮红

当最后一根稻草成为不断的刀
不断的刀不断断开

直至粉碎。直至
随风四去

所有的安静，都在酝酿
重新来过

23

断刀加断刀依然是断刀

不断的刀
在矿石乘以火中取得铁
在铁与爱情的微积分中取得刃
在刃与心的排列组合中
陷入语言与哲学

不断的刀
不断地运算与统筹
国王与庶士平起平坐

人与草木相除
刀与秩序相除
有惊人一致的商

24

刀设计皇宫又成全阉党
刀囊中的一折纸条
把皇后扶上爱情的白马

国家比刀背更近，比刀口更远
人民在刀身的广场打拥堂

神不使刀
但刀把子在神的手上
哪怕半截刀把子也在神不断的手上

25

写到这里，我必须指出
不断的刀
其实是大脑之刀、心灵之刀

我必须指出
不断的刀，它的纯度、亮度、血性与锋刃
都是思想给的。你看

南半球一截，北半球一截
刀贴在地球上
太阳的眼里，刀是直的，不断的

我这样说
其实把刀赋予了诗歌的力量——
像分行的文字一样——

刀不管分多少行，它都是一把刀
并且，诗的古老、长久
正被一把刀不断练习、出击

26

再说一遍，不断的刀
是指时间不断，空间不断
行动不断

当然，不动
也是行动

再说一遍，对于刀
猫着，一动不动
也是行动

抽刀断水水更流
这样的真理，对不断的刀
无意义

不仅无意义
水的变化，更是对刀的一篇论证

2012 年 4 月 24 日—6 月 26 日

附体的山水 （十四选三）

眉上的山水

眉上的山水
一幅不做伪证的抽象画
挂得比心灵亮，比窗户高

它是玲珑的
玲珑得可以铺开最广大的喜乐
最深重的悲惑

它是容易的
叶不障目的灌木丛
排开甜苦，香臭，条分缕析

从植物学到人类学
两丛山水
呈现出内在的美学

不舒不展，舒舒展展

最嶙峋的时刻
山水出画，宣纸皱成一团

无论怎样
谁也不能把这挂山水取下来
钉牢它的眉骨，有宿命的倒钩

有山水的人

有山水的人
山水是活的，青山青，流水长
命里依山傍水

有山水的人
山里山外都有食刨，水里水外
都有鱼打

所谓要风得风，要雨得雨
指的就是有山水的人
是地主，不一定有山水

有山有水的女人才叫女人
面对男人
藏得住金银的女人，藏不住山水

好女人走来
波翻浪涌，里里外外枝繁叶茂
山清水秀

女人的一半是男人的山水
男人的一半何尝不是女人的山水
山不转水转，水不转人转

仁者乐山，智者乐水
有山水的人
是仁智的人

有山水的人是有路可走的人
甭管山路、水路
脚下动词，总之多一条路

行遍千山万水
有山水的人
天高皇帝远

内心的山水

内心的山水

从针尖出发
大得没有体统

也小得不能裁取
三千头豹子纵涧而过是一轴山水
一只小鸟凌空飞绝是另一轴山水

空，在落空处
成为一级境界
顶级的境界，远在山水之外

亲山近水，一生的出入、亏盈
多么葱茏。写尽天下山水
只为写出一间茅屋

横装竖装，横竖把自己装进去
为富不仁，添点山
为仁不智，加点水

内心的山水
取之不尽，用之不竭
即或隔着一张皮囊的距离

心有山水的人

处处都有山水
眼睛一眨是青山，再眨是绿水

心有山水的人是至福的人
至福的人
生生死死，全是真山水

2014 年 6 月 20 日—23 日

天从下边亮起

天开始亮了
但天的亮远远低于我
不仅低于我的脑袋、胸脯
还低于我的腰酸、膝痛
因此，凡我，全都黑着，暗着

阴郁着，包块的颜色是肿块的颜色
不仅身体
精神、想象、爱情也是沉默无光的
因此世界全都黑着
我的黑高高在上

黑的我高高在上
血是一眼矿井，是煤坑里的反流
横竖都闭着眼
而上天的十字架
横竖

也不能攀上我高傲的颈椎、头疼

或把我拉下，弯曲到与大地平行
天一直在远方升起
一直在慢慢爬坡
一直爬到我头顶上才大亮，罩下来

2015 年 2 月 10 日

浮茶帖

水是榨油机。下了水
就等于折了翅
身体的护城墙依次缴械
水洗水，排开水，水把水抽出来

天空也顺着茶山的坡道滑来
幺妹的采茶歌就了丰收调
冒烟着火，一下子干燥得竖起
涨那铺排的洪水

浮茶的处境有些微妙
上不上、下不下的
如果卡着，一动不动
倒好了，此生不必再折腾

浮茶一直摇晃着
轻微的摇晃，有大地震的体位
向上摇，水拉着
向下晃，水推着

这是一场焦虑、一场战争
停是停不下来的
现世多么短啊
前生吃进的，下辈子吐出来

浮茶最终释然了，消停了——
问世间，谁不是浮茶：
无论载舟覆舟、一望无际的水
无论爱因斯坦的真理……

2015 年 5 月 20 日

不孝帖
——致八十二岁的老母

牙掉光如秋叶，嘴空泛如黑洞
皮囊把光阴折磨得爬坡上坎
是我的老母

说话颠来倒去，做事丢三落四
忘了关电源，忘了冲马桶
是我的老母

石头绊过，摩托撞过，一次次摔倒
右耳出血，老成黄泥的骨头
不再有新钙补充

一只耳灵，一只耳背
听见又听不见，糊涂又不糊涂
是我的老母

处事疑神疑鬼
不时要点小诡计，说点小谎话
是我的老母

偶尔虚荣，甚或嫉妒
嘴不关风，却守口如瓶
家族丑事讳莫如深，绝不外传

万事不求人，心事写脸上
在乎别人的看法，面子重于沱江水
高于花蕚山，是我的老母

远避国是，操心家事
总想一碗水端平却总也端不平
是我的老母

除了三五片烧白、二三个馒头、一只香蕉
如今什么都干不动了
走路都头重脚轻了，是我的老母

地主小姐的身，劳动人民的命
念过女中，当过干部
丧夫八年，孑然生活，是我的老母

纵使，纵使啊一万个是一万个不是

是与不是
这个人都是我唯一的扯筋连骨的老母

2015 年 5 月 21 日

水　线

看见水线，是因为
水线不是水线，或空气不是空气
昼的水线，夜的闪电

真正的水线是看不见的战线
来自任何角度，来自无穷大
自己只是一颗液体针

相当于大海飞起来
远去
小成末世的划痕

有时间深处的长远
有历史的厚重
此生的本相却是那么飘浮、短暂

甚至，只是一眨眼的事
而那些有靠山和背景的
却能成为穿石而过的老虎

太阳出来
过一下电
就过出了五彩缤纷，百鸟鸣林

当水线比针还细
细进肉里
情况就微妙了，至少有三种可能

但红色是水线的危险色
情况在左上出现
情况在右下倒下

不要怕下去
离开大地
所有水线都是弯曲的

2015 年 6 月 3 日

蚯蚓之舞

鸟的舞
排开雾

鱼的舞
排开水

人的舞
排开人

没有比蚯蚓
更困难的了

蚯蚓的舞
排开土、排开大地

蚯蚓的舞
排开地狱，和亡灵

为了这天塌地陷的柔柔的一舞
蚯蚓把体内的骨头也排了出去

2015 年 6 月 4 日

我

陶罐里一百五十斤肉

罂罐里一缕游魂

记不得从母亲产道爬出的熊样

记得与父同谋，一老一嫩的手

豢养过大白兔，溺毙过大白兔

记得偷过小学冉同学的一只乒乓球拍

记得在心纸上写过反标，又撕碎，点火焚去

哎，我的体内到底装有多少个我

那个伤感的我见到什么都想哭

那个热血的我大白天都在做杀人梦

一心想扮金庸笔下的大侠

那个规矩的我总是第一个上班最后一个下班

那个善良的我从不忍心拒绝任何人

他外表冷酷，内心羞涩

告密，上访，嫖妓，强奸，吸毒，赌博，放火，跳楼

隐逸，抢银行，当土豪，做皇帝，呼臣唤妃，无恶不作

只有来俊臣的刑讯和酱香的酒液才能把他打回原形

有一个我是一个死人

他成天都在回忆他是如何死去的

有一个我是一个活人
他活了一万年还在我血管中积极奔走
我是好人我是坏人我
介乎正邪之间是一个不好不坏的人
如果把体内的那些个我喊出来
世界就成了汪洋
如果把体内的那些个女人喊出来
我就成了全人类

2015 年 6 月 12 日

出生地

所有的人都是两个人生的
一个名叫母亲
一个名叫土地
所有的出生地都吸纳过母亲的精气
得到过胎血的滋养
没有沾过精气和血水的出生地
是一小块移动的飞地
投下的阴影
这块阴影，生不见，死不见，却又
追着它的主人跑，让主人一生都处于
漂泊，一生都不能着陆
所有的人，有什么样的出生地
就有什么样的终老地，有什么样的终老地
就有什么样的出生地
前世下去的所在，今世出来的所在
以及来生所在
是一团云奔跑，一百次悬弧射矢
一万群生物投胎变体，交换场地
根部的场力与母语，决定着命数的脉向

——但我们即使眼明如盲
也不能自知
世界很大，终老，有很多选择
又似乎不能选择。供我们尽孝的地方
永远只有一处，它可以成全我们大孝
也可以成全我们大不孝
我是幸运的，我有一处真正的出生地
原始、踏实、全面、一直在的
指认我的出生地
不需要说出国度、省份、地市
不需要说出方位和时间
从再远的地方连爬带滚赶回出生地
也不会迷路
是的，它就是都江堰
它就是伟大得不能再伟大的都江堰
即或这样，它也只是我出生地的一半
另一半多么弱小啊
弱小得只有百十来斤
弱小得才八十二年，双腿就不能吃力
但她怎么着都是另一半
都是跟都江堰一样
伟大得不能再伟大的另一半
是的，母亲也是一个都江堰

我二百零六块骨头割据的广大土地
无一不是她的灌区

2015 年 6 月 15 日

行止说，或悲观主义者

我走动，站立
我脚下的地里也有一群人
在走动，或者站立

我站立，走动
我头上的天空也有一群人
在站立，或者走动

我和我上下的两群人
互不搭界，各行其是
——多年前，我气血如虹，振振有词

多年前，我与他们很远
远得看不见他们，听不清他们说话
远得忘了与他们毗邻

现在不一样了
那咚咚的脚步声，粗重的呼吸声
白天在脚骨里响，夜晚在脑髓中响

我在尘世的安身立命
就像走岷江的安澜索桥
就像走闪电的华山崖脊

在两群人的夹道中
随时都可能飞去或者埋葬，随时
都能感知到他们上上下下的恩赐

因此，现在，我
每天出门、回家，躺下、醒来
仇恨中无不闪着感恩的泪花

而我体内的那群人
却开始成天吵架、打架，弄得我
顾左右而言他，上下不是人

2015 年 6 月 15 日—16 日

诗　论

每行诗都是一条鞭子打人
好的诗只一鞭顶多三鞭就解决问题
问题是读者的七寸大多长在鞭长莫及的地方

2015 年 7 月 9 日

读《瞻对》有记，或其他（十选二）

——康巴纪行

夹坝一词

夹坝一词，只有
夹坝自己喜欢，只有出夹坝的
地方喜欢。好男儿志在四方——
似乎很对夹坝的脾性
夹坝一词，生长在穷山恶水
天高皇帝远的地方
那样的地方，养不活地方上的人民
那样的地方，总有一伙骑马的人
往返奔命，把刀架在异乡道路的脖子上
夹坝一词，就是为这伙骑马的人
命名的。这就是为什么
夹坝一词，总与商旅甚至
官道联系在一起，总与官方文书
兵刃、鲜血、白狼，和落日联系在一起
夹坝一词，除了上述说法
还有另外的词义，比如
游侠、英雄和刀，比如外出讨生活的

劳动者，比如地方产业。为了把一个词
说清楚，必须用另外一个词
乃至若干词来掺和
但没有哪个词，比夹坝一词
更疏远、更贴切
（且不论汉词对藏语的猜度了）
它们刚与夹坝一词相遇
就被夹坝劫了道：劫了所有词义

龙剑说，或雅砻江大峡谷考

雅砻江一千五百七十公里，只有
瞻对的一百七十五公里是龙
其他皆为鱼。深不见底的秘谷
高过金沙江，更高过长江——
龙取低谷，也是俯瞰
雅砻江一千五百七十公里，只有
瞻对的一百七十五公里是剑
其他皆为火。上上下下的火烧过来
只为把瞻对这块铁疙瘩点燃
化为火，孰料这一过程，却将铁疙瘩
冶炼成如今的模样
过去的那些个冬天，有人

一直顺着这条真龙走，不知为什么
顺着，也拂逆着天子的目光

2015 年 12 月 11 日—15 日

致一只归雁

在一览无余的、高渺的视点上
我余下了你——我是说
我差点余下你。你那么急——
远远的，把那么多白天黑夜甩下来
甩在我眼前；又那么慢
慢得让所有的非你，那么赫然地超越你
闯入我的美学和世界。现在
我看见了你——是神让我看见了你
是天空让我看见了天空放逐的
一粒动词，正在群山和平原的峡谷间
飞翔，正把群山和平原
飞成一对大翅：一对急速切转生命的
阴阳大翅。来是远方
去是远方，你在两个远方之间
信仰、讨生活——形而上、形而下之间的
归行，多么匆匆、孤单、忘我
多么深刻——深刻至永恒
至一动不动。此刻，小得不能再小的你
小如最后一叶秋色的你

一动不动的、最伟大的动词
让全世界的词汇雌雄同体
休眠又醒来，齐齐成为你宏丽的形容词
成为你思想的大风
哦归雁！一动不动的疾飞
高高的低调，多像时间壁缝中的悬棺
把前方排开在路的两边
穿越而来——
让穿越成为几无边际的恐惧
让旁观的我成为新逻辑的旧盲点

2015 年 12 月 16 日

空袖管，或风中的空袖管

风让空袖管一万次死过去又
一万零一次活过来。风
劈头盖脸罩下来，空袖管一动不动
军人样的立正，又像一枚铁钉，把主人
钉死在大地上。迎着旱地拔葱的
冲天风，空袖管一下子调头，对着正午的日头
竖立，对着世界举手发言，有时
换一个角度，塑身为握着拳头领誓。风
把空袖管横在胸前
主人顿时有了忠诚，不言退，昂首赴刑场。贴于
后腰，主人又成了背着手散步的哲师。当风
一会儿前、一会儿后，主人就是驻了步
也在甩开单臂疾疾赶路——另一只臂，像
个性中的积习，像病，更似
被早年那个传奇卸了去——
跟身体对岸的空袖管有着同样命数：
英雄的、苦于言状的俚俗与伦理？这是
符合旧平仄的急智对偶
又是始乱而后安的身体秩序

在一部朋友的小说中，我见过一位独臂营长
和一位叫柳岚的娇美女人，走在
沙漠中的场景。风沙弥漫，刮得女人
比柳叶还轻。刮得没了路，没了脚，没了眼
没了方向，全人类只剩下飞舞如幡的
这只空无一物的空袖管。女人急了
她有着没生过孩子的小龄，却拿出生孩子的大劲
抓救命稻草一般抓住空袖管
空袖管拽着女人前行，又调皮地
与女人拔河。它假装拔不赢，跟跄，后退
又猛然使劲——女人就从手中的手中
滑了出去：滑成一纸失骨的破筝
空袖管慌了，伸手拉回女人，却被愤怒的营长
拨在一边。营长拉着女人的手
走在狂暴的风沙中，空袖管跟在后边
没事人一样，却又突然有了事——
是空袖管伸出巴掌，左一耳光右一耳光打女人
还是营长以逆袭的方式掩人耳目？
可不可以这样认为
抚摸女人，显示亲昵逻辑的合情合理
沙漠上的空袖管，充当着一个野蛮男人
最温婉最文明的帮凶？
就这样，女人的一只手被阎罗般的营长死死拉着
另一只手被风吹去了很远的后方

剩下的全部身体，是一张脸
一张无法挣脱空袖管处置的脸。哎
女人的反抗，多么顺从、幸福，多么符合
沙漠美学。风沙扑在营长脸上，风去了
沙留下。营长脸上的沙砾
比刀子锋利、疼痛，比城墙倒拐厚
女人的脸是营长的反义词——空袖管
长袖善舞的耳光，掸掉了女脸上所有的风害和沙尘
——来了又去的动词，只起了对一件艺术品
抛光、修葺与赞美的作用
空袖管除了反手做这事
还会把自己伸向前方，与大地平行，直直地
比装有手的袖管更直地
为营长指明方向
这样的时候，空袖管噼里啪啦的响声
比沙尘暴大，比心跳小，像极了革命火把的
熊熊燃烧
为了把空袖管化开，从形而下化到形而上
化成一首像样的诗
还可以有更多的事例与场景进来说话
比如井底、崖谷，把一个人从下边拉上来
翻过主义的墙头。比如
设套，把一个人从上边拉下去，坠入帝国的深渊
比如，收缴一把硬刀，将敌人柔美地缠死

甚至环在主人自己的、正直的脖上
与一棵歪脖子树发生一场
人鬼也不能说清的吊诡关系……
诸如这般的场景，空袖管，也是有大风吹刮的
热热的、血红的、爱恨的大风
把空袖管吹起来，吹成鼓圆的、实心的袖管
那是独臂人的大风——从独臂人身体中
拍马而出的、思想的大风

（注：此诗受启于卢一萍短篇小说《快枪手黑胡子》，谢谢！）

2015 年 12 月 20 日—21 日

冬至夜，或黑池塘

人白，羊白，房白，地白，云白
全村无一不白——连说话也白，连心肠也白
只有你——你是唯一的不白。不仅不白
还是白的反义词。如果说全村是眼仁、昼夜
你就占了全村的一半。也可以说，一半亦是全
部——
你的每一滴，都是全村的命，都有
平衡全村的重量。不仅如此，痼疾需要你稀释
仇恨需要你化解，夜晚需要你拿出月亮点灯
烈酒、血液、泪水、爱情和飞鸟
需要你成全。但你终究是黑的，但你终究是白的
为了白得那么薄，薄得那么透明、干净——
一舀就破，一煮就开。为了就这么取之不竭
你就这么一直厚着脸待在这儿就这么一声不吭
一直黑下去。为了漂一副不黑的心肠掏给全村
你就这么一条路走到黑走到
村子永远也不能走到的雪山内里：走到今天
今天，冬至夜，黑池塘
你这潭深水，你这眼大得有些出奇的古井

即使全村背井离乡你也在这儿，你也
像康巴英雄布鲁曼守在自己无限小的大地上

2015 年 12 月 22 日冬至夜

我回来了

要知道
我的直直离去
只是为了绕个弯，回流
打成漩
把自己钉在原处
再不被带走

要知道
没有河流的地方
不是没有河流
是漩涡将河流穿骨
竖起来
插在大地上

2016 年 1 月 17 日

午夜微语，或正午浩叹

宇宙，多么小，
小到对我们无微不至：
一粒莫名的精子，一颗看不见的细菌，
都足以让我们现形，或者无处遁甲。

又多么大，
大到对我们无所不包：
一股奇怪的台风，一块天外来客，
都足以让我们无地自容。

宇宙又是不大不小的：
布给你的时空、粮食、水分和爱情，
与你等同，正好适合你
长长短短的一世、沉沉浮浮的一生。

2016 年 3 月 6 日输液中

秘　密

有人告诉我
说邻县有一个跟我一模一样的人
体量、形状、血型、肺腑、腔调
无不一样
也许人家说的不是邻县
而是邻省、邻国，或者西半球
因为直到今天我也没遇到那个
跟我一模一样的人
即或这样
我相信那人
相信那人正秘密地活着
秘密地死去
我对那个跟我一模一样的人的相信
离得再远也不存在距离
我相信总有那么一个人
乃至很多人
跟我一模一样
甚至觉得，更多的时候
他住在我这里，我住在他那里

共享一副皮囊

吃酒、打嗝、抒怀

密切往来，分着永夜的彼此

2016 年 3 月 9 日

灌木林

我说那是小小的大树，大大的小草
我说那是单数的生长，复数的死亡
我说的是蝴蝶、茶尘和磷火的飞翔
是黑暗百密一疏
漏下的点点光斑
我说的是体外的事物，体内的秘象
我说的是体面的大地，乔木在头骨上半球
长上去，垂下来，向矮巨人俯身、致敬
除了高调的眉睫，坚执的络腮胡
其他都是柔软的
隐约的，只与雨水对话，只在
雨水的鞭笞中展放扯经动脉的欢叫。是的
我说的灌木林，不是环境、衣裳、形容词
不是矮种的木族，萎缩的树种
尤其不是爱情中的性，性中的爱情
我说的灌木林，说到最后
是对平衡的平衡，是对称的对称、天空的

彼岸，是天空这面坡地的天空、云彩
和比乔木更远的远方

2016 年 4 月 4 日

同　类

我有很多同类但
我依然很遗憾
他们一部分很好一部分很不好
而我是不好不坏那一部分

我有很多同类但
我依然很遗憾
我对他们很真很爱，他们却对我很假很恨
我对他们很假很恨，他们却对我很真很爱

我有很多同类但
我依然很遗憾
他们好也罢坏也罢，我只想跟他们在一起
但我亲眼看见他们中的一部分

去了地下。其中一位去了十个年头了
他是我父亲，隔着我俩的那抔土
薄得有意，厚得无情

他们中的一部分生活在春秋、唐宋
一部分还未出生
正因为这样那样的遗憾
我与他们中的绝大多数永远不可能碰面

正因为这样那样的遗憾
我的同类其实只是我的亲人、朋友
心情特别糟糕的夜晚
我趴在地上，铁了心视一只瘦蚁为同类

2016 年 8 月 20 日输液中

河 流

我们抓不住从掌沟流过的河流
我们抓不住从额纹流过的河流
我们抓不住从血管从骨筒从灵魂流过的河流

所有的河流都是相通的但我们通通抓不住

它们从高山流向大海我们抓不住
它们无数次集合无数次从大海的广场出发我们抓不住
它们流向同一片天空和一万座
峰向各异的群山我们抓不住

它们来了
它们来了的
但我们至死都没抓住任何一条河流以及
任何一条河流中的任何一滴水

河流带来人类带走人类河流向来都在我们计算中但我
们抓不住

2016 年 11 月 28 日

初冬，或遂宁观宋瓷博物馆

以时间为姓，国名为名
这一窖易碎之花
开得如此坚硬、锋利、纯粹和突然，如此
这般……震惊于闪电啸叫的寂静
一个人，在处理光泽的时光工序中
变得温润、慈祥，泥尘一样细小
粮食、酒、梅花，以及神
怎么努力，甚至不惜放下身段随之变线
随之赋形，也抵达不了瓷的内部；
作鸟飞，作豹潜，作水行
也抵达不了瓷的紧捂着的疼痛。一个人
历尽坦然，握着玉手般瓷实的光泽
又轻轻叹气。一弧青蓝的釉面
映像着山河、柴火和走来的人
走去的人。还有什么可说呢，一个人，除了
口舌的赞美、文字的献媚——这些
表面得没有内部的东西，这些
短寿的生灵。而活在
唐诗与元曲夹层里的词

正发声为风口上的器具：盛家国的生息
喂养黑暗中双目窖满灯火和雪的你

2017 年 1 月 1 日

失踪记，大海道或魔鬼城

大海那么大，走失了；我
这么小，也走失了。这是在
秋的新疆，我从未涉足过的
新的疆域。魔鬼聚得很拢，又散得很开
我两个小时的失踪、干渴、恐慌
也没能兑取魔鬼的边界
魔的叫，鬼的叫，城的叫，总出现在
风起的时候。叫声高高低低，远远近近
式样多得不能尽数。而哭泣，而乞求
甚至比怒吼更令我哭泣与乞求
——严重得都脱了人形。有那么一会儿
我多么希望大海归来，带走魔鬼。如果
剥不开附体的叫声，剥不开
死亡的时间，就把我一并带了去
让我成为一把水、一粒盐也行的
在大海道，没有看见大海。战败得
如同大月氏的大海
去了无向的另城。而今的魔鬼城
是座空城，空得只剩下

魔与鬼，只剩下我的无助和命
从成都到哈密，我有十万群山的交代
有五千里天空的请托
从哈密返成都，我爱全世界
全世界不爱我。全世界爱魔鬼

2017 年 2 月 21 日

我，或名叫人的物体

固体中装着液体，液体中
装着固体。固液体中装着气。但
它不是固体、液体
更不是气体。往下说，复杂去了
液体有清稀、稠黏，有腥、有臭
有红色、黄色、白色和其他色
固体有软，有硬，有
作为吃食的，有作为刀子的
气体呢，有时是一团带霾的雾
有时是透明的空气：一些有温度有气味
的空气。别忘了，这块物体内里
还装有思想、爱情、苦乐、仇恨
未完成的请托、追杀和报恩
就体量来看，三体合一，三位一体
长 0.29 米，宽 0.46 米，高 1.72 米
毛重 49 公斤
对于这块混合体，这尊
怪物，气体是顶顶重要的，只要
不来气，一断气，就什么都没有了——

就回到大地、江河、天空
一株树、一棵草——回到空茫的记忆
无边的循环。值得庆幸的是
甭管这件物体去了哪儿
都在的——都挂在
那颗被称作罗蒙诺索夫的铁钉上
打秋千，不飞离

2017 年 2 月 22 日地铁上

最初的诗人是巫师，
最后的诗人还是巫师（访谈）

2016 年 10 月 7 日 19：00–21：00

中国诗歌流派网 21 世纪诗歌会客室

宫白云：凸凹老师好，欢迎您来到 21 世纪诗歌会客室。您是国内具有重要影响力的诗人与小说家。据我所知迄今为止您已经出版了个集、合集共 14 部诗集，还有长篇小说《大三线》《甑子场》，随笔《花蕊中的古驿》《纹道》等，批评札记《字篓里的词屑》十余部大作问世，有 60 多位知名批评家、诗人对您的诗歌成就撰有专评，您还获得过许多重要的奖项，国内重大的诗歌节与活动都能看到您的身影。著名批评家胡亮说："作为一个优秀诗人，凸凹已经趋于完成。通过二十余年的写作，从加入大众美学合唱到步入个人美学领地，从醉心于一己之悲欢到亲历这个时代的色相，凸凹在'大俗'与'大雅'的两个极端都完成了破冰式的探险，既显示了自身闪转腾挪的娴熟技艺，又为当代诗歌的生成提供了多种可能性。"由此，我很好奇，您的文学之路最初有着什么样的背景？

是什么促使您爱上了文学并一发不可收拾地走到了现在？

凸凹：我爱上文学走上文学之路，说来真是平淡无奇、庸常之极。首先是莫名其妙爱上故事和被当地人称作"娃娃书"的连环画，接着更深地爱上了故事，之后爱上小说，之后爱上文字，最后就像吸鸦片上了瘾一发不可收，爱上文学，走上文学之路了。如果在此要点出一位文学启蒙老师的话，我点出的是我的初中语文老师，他毕业于北大法语系，执教于万源县中学。关于这位老师，我写有专文《我的老师崔世远》有记。

说到文学背景，我应该是没有的，但如果非要说点什么的话，我认为家庭的"余资"和家族的故事，这两点，应该可以算作爱上文学的"背景"。我父母也算是有文化的主，在大巴山深处一个县里的农业局干着见月就领薪的技术活，双职工双干部，一家五口有吃有穿，因此于我就有了买书的资本和读书的时光。我们家族也很有意思，父系这边很红，母系这边很不红。祖父原在汉阳兵工厂当技工，娶了老家孝感乡下一位颇漂亮的富家小姐，他参加过"二·七"大罢工，日本打来后，随厂迁上海，又内迁至重庆，系中共党员。在工人阶级领导一切的时代，我父亲的成分泛着红太阳的金光。父亲从重庆中正中学毕业后，就读了园艺学校，他后来是优秀中共党员和"文革"后首批高级农艺师。外祖父在四川内江乡下当榨油作坊业主和伪乡长，入过国民党，解放后被镇压，外祖母饿死于三年困难时期，母亲女中毕业后在都江堰工作。母亲这边的情况，我写过一个非虚构小说《母亲梗概》。看出来了吧，俺可是国共合作的产物。从某个意义说，文学天分约等于家族血缘，文学资源约等于家族资源。

宫白云：听您这一说，感觉您的父母都是非常具有传奇故事性的人物，难怪您的诗文散发一种无可捉摸的传奇味道。诚如您说"文学天分约等于家族血缘，文学资源约等于家族资源"。

凸凹：我可不能选择父母，更不能选择他们传奇，但我能承接他们气息的合流。

宫白云：但您可以创造传奇，气息的合流就是传说的继承吧。

宫白云：读过您很多诗，感觉您不是按常规思维的诗人，您是借天才的想象和语言的奇诡而进行诗写的诗人，您有独属于自己的体内山河和"换气方式"，您的独树一帜让这个诗歌时代独有了一个凸凹。您能否谈谈您在诗歌创作过程中有过怎样的探索？您觉得诗歌的想象力和语言在诗歌中占据一个什么位置？什么样的诗在您眼里是值得称道的？

凸凹：我是六岁离开出生地都江堰，大龄到了三十岁才进驻中国诗歌重镇成都的，就是说，我的诗写活动的萌生与开展，都是在大巴山深处进行的——是在广大的寂静里，一个人进行的。那个时代，外边的诗歌世界是喧哗与骚动的，而我的诗歌生活又是寂寞的。我与诗歌打得火热，与诗人却呈疏离状态。正是这种寂寞，对我提出了要求，她要求我的诗歌要有趣，要求诗歌的有趣，去稀解和平衡她的寂寞的制式。于是，我就在书本和大自然中（而非诗人中）走进走出，就开始尝试各种诗歌式样态的所谓"探索"了。传统抒情诗、朦胧诗、口语诗、知识分子写作、文化诗、历史诗、地理诗、下半身、新民谣、第三条道路、凸凹体……我喜新厌旧，打一枪换一个地方，对待诗歌的态度，竟像一个放浪形骸的公子哥对待他深爱的女人：每一个都爱得真诚、火热，但都不能坚持、将就、日久。

需要想象力的行业和地方很多，文学、艺术、科学、军事、设计、决策、作案、爱情等等，都需要。但最需要想象力的是诗歌。其他种种都需要想象力，只是需要的想象力密度和强度都没有诗歌大。想象力不够的诗只能是庸诗，而庸诗又不是诗。有句形容很烂，但你还真不好找个更好的形容替代它，这个形容是：想象是诗歌的翅膀。没有想象，诗歌飞不起来。

文学是语言的艺术，诗歌更是。所以，语言是文学之所以成为文学的唯一前置条件，也是文学之所以成为文学的终极考标之一。语言贯穿文学始终。因为诗歌的浓缩、精炼、声韵、含蓄、想象、新颖等诸多特质与桎梏，故对语言的使用要求更为精妙、决绝和残酷。

在我眼里，只有那些为新诗的发展拓出了一种可能、一小块新天地的诗，才是值得被我称道的。为此，我反对一切重复的、原地踏步的诗，更厌恶一切退步的、落后的诗。好诗，即先进的诗，即诗歌的革命者。

宫白云："对待诗歌的态度，竟像一个放浪形骸的公子哥对待他深爱的女人：每一个都爱得真诚、火热，但都不能坚持、将就、日久。"凸凹老师说得形象有趣。我想"喜新厌旧"应该是诗歌创新的动力，我特别赞同您的"想象力不够的诗只能是庸诗，而庸诗又不是诗"这个说法。读一首缺乏想象力的诗歌给我的感觉就如同味同嚼蜡。"好诗，即先进的诗，即诗歌的革命者。"独到而经典。诗歌永远是不知道的，才有诗的未来。

凸凹："喜新厌旧"肯定是诗歌创新的动力。诗肯定也是有神性的。

宫白云：读您的诗，让我一直在想诗歌与影像的关系，您的许多诗都让我仿佛置身于一个又一个浓缩的小电影之中，没有解释与理念的灌输。只是一个又一个分镜头解构着能指与所指，架构着读者与作者，让人惊叹于您出色的化语言为影像的高超的驾驭能力，这让我想起了您的小说家与编剧的身份。我想知道在您的这三种不同文学体裁的创作中是否有着互文与借鉴的关系？这三种体裁您最喜欢哪种体裁的写作？诗人、小说家、编剧这三种身份中，您最喜欢别人称您为哪种身份？

凸凹：自从我同时操持诗歌、小说、戏剧后，对这三种不同文学体裁的创作，肯定是有着互文与借鉴的。诗歌的务虚，小说的向内，戏剧的从外，它们的不同走向、展形与血脉呈现，在我这里，无不是我文学仓库里、可供我信手拈来的创作资源。之所以说信手，是因为那种"互文与借鉴"的行为在我这里已成为了不知不觉的本能反应。

三种写作都喜欢。相比之下，最喜欢的是诗歌，最不喜欢的是剧本——因为不能把控，不能很完全地体现自我，总是被那些自以为是、以实现自己意志为乐的狗屁投资人、发行人、制片人、导演、名演员指手画脚、被要求改来改去。虽然不喜欢剧本，但一接到剧本活儿，总是撇下其他而倾力编剧。我的生存、生活还远远没达到只奢侈于喜欢的阅读与写作，因而，关键时刻就显出了：钱压倒一切。

诗人、小说家、编剧这三种身份中，在诗歌圈，喜欢别人称我小说家身份，在小说圈，称诗人，在编剧圈，称编剧。而到了圈外的社会上，称什么都行的，狗逼丫的，千万别称老子是诗人！

宫白云："诗歌的务虚，小说的向内，戏剧的从外"概括得精彩。关于身份之说很有意思，特别是圈外社会对于诗人的不屑与藐视，既发人深省又让我们这些做诗人的痛心。

凸凹：很多伪诗人的诗，及其他们的生存能力与生活德行，败坏了诗人形象，连累了我们。

宫白云：您的长篇小说《大三线》与《甑子场》一直都深受读者的喜欢，能否谈谈您创作这两部小说的缘由和它们出版发行的一些事情？

凸凹：关于长篇小说《大三线》与《甑子场》的创作缘由，我在不同的地方和访谈中多次谈过了，这里就简单说说吧。我曾在深山老林中的三线航天企业，从十六岁到三十岁，干过十五年，下山入城后，又干了七年。有了这个工作经历又具备文学能力，不写出《大三线》真是枉来了世间一遭。小说从中共在瑞金办兵工厂这个源头写起，从兵器到航空，航空到航天，军工事业逐渐发展壮大，而后将主要笔墨投入到了三线国防建设。而《甑子场》呢，则是我移居成都东郊龙泉驿二十年后的一大收获，可以说是我与龙泉驿这片土地的相互指认、圆缘与回报。小说围绕1950年刚解放时发生在龙泉驿及其周边地区的惊动毛泽东、从而引发全国性的三年剿匪运动的叛乱事件，以一个小镇的戏剧化的变天与反变天为噱头，对那个遥远又不遥远时代中的各色人物（乡绅、农民、解放军、叛匪等）的本相进行了艺术化的还原。两个小说都是小切口，都是大题材。

《大三线》于2014年10月初版，2015年5月出修订版，因已脱销断货，出版社最近又将推出第二次修订版。一本小说连出三次，应该说还是可以了。《甑子场》于2014年12月初版，当月推出修订版，跟着被《长篇小说选刊》用头条位置作全文转载。两部小说面世后，都多多少少获得了一些荣誉，虽然《大三线》获得更多一些，但从艺术价值方面而非社会意义方面考量，我个人更看重《甑子场》。我相信《甑子场》，甚至《大三线》，都会跟着时间的长河漂流，而不会被冲毁、打散、尸骨无存。我对她们自身的命运抱有信心，虽然我已然无能为力了。

宫白云：凸凹老师具有文学的雄心。身为一个小说家能够写出一本杰作在我看来就足慰平生，何况您半生就写出了两本，足慰三生呵。

凸凹：我是吃这个专业饭的，不雄没饭吃。第三本小说，是个中短篇集，叫《花儿与手枪》，也快了。

宫白云：您的诗歌取材大多是生活与生命的经验，对诗歌的切入方式，常常带着生活与生命的温度，您有能力将情感、道义和经验融贯得恰到好处，特别具有真气，而真气正是这个时代所欠缺的。当下的诗坛表面上看很繁荣，但并不能印证汉语诗歌的活力，诸多的诗歌脱离生活，脱离现场，对生活对现实没有观照或反照，您对这个问题怎么看？您觉得诗坛这种诗现象的出现有什么内在的根源？您对诗歌的前景怎么看？

凸凹：要说很多诗歌对生活对现实没有观照或反照，我还真不敢苟同。可以说，几乎所有诗歌或外在或内在都对生活对现实有观照或反照，只是观照或反照得不够深刻，不够独到，甚至是伪观照，假反照，浮光掠影，凌波微步，进行得不真诚，不道德，最终以轮廓灯的美丽虚影蒙蔽了读者的双眼。

诗坛出现这种现象大致有三个原因：一是观念上对诗歌艺术的理解出现偏差；二是诗艺功夫不到，偏又喜欢偷懒；三是人生历练、经验不足，对生活尚属浅尝辄止，从未摸到过人间烟火的骨头。

诗歌是一门永不会消失的艺术。诗歌越发展，越壮大，越成熟，越精妙，操持诗歌这门手艺的人会越少。但再少，也总是有操持者，即或到了人类的末世，诗人也是存在的。最初的诗人是巫师，最后的诗人还是巫师。诗人是人类精神存亡界面上的导师。但现在的诗人只是人，一个俗人，一个操持了诗歌这门古老技艺的俗人。诗歌是无用之物，但偏偏是只有诗歌才能把人类驮往天堂与永生。

宫白云：您分析得透彻。"最初的诗人是巫师，最后的诗人还是巫师。诗人是人类精神存亡界面上的导师。"这本身就是一个永恒。

凸凹：文明是循环的。巫也是文明。

宫白云：我看过您的一些诗论，对于诗歌的认识相当的惊人。您对自己诗歌的要求是，三行之内，必有诗。您曾有首诗，题目就叫《诗论》，以诗的形式阐释了这个论点："每行诗都是一条鞭子打人／好的诗只一鞭顶多三鞭就解决问题／问题是读者的七寸大多长在鞭长莫及的地方"。您能否具体地给我们谈谈您的这个"三行之内，必有诗"的意味？

凸凹：以语言为唯一载体和内容的艺术中，诗歌是一门被要求以最少的字数来诉诸表达的品种和形式。正是出于对这一严苛要求的敬畏，以及对当下口水诗、垃圾诗、注水诗、伪诗的深恶痛绝的反动，我提出了"三行之内，必有诗"的主张。

很多诗，说是诗，但你读过后，才发觉它只有诗的一副皮相，内里诗很少，甚至无诗。身为诗者，这是不道德的，是缺乏诗者操守的。

宫白云：我也认为身为诗者，对诗歌要有敬畏之心。

宫白云：我读到过您一首诗叫《玻璃瓶中的鸟》，其中说"每到一个年龄段，他都想做一些／盖棺论定的事，可制造盖子的模具，／难度高过了他天才的想象。"这个"他"是否代表了生活中您的精神状态？

凸凹：诗中的这个"他"，肯定是文学意义乃至美学范畴上的"他"。当然，也可以代表那个时代我的精神状态。按照青年才俊、批评家胡亮的说法，我并不属于早慧的天才式的诗人，而是一个"大器晚成"者。羞怯、爱劳动、不会说谎、大脑比小脑发达，是我小龄时代的大风景。所谓天才，也就是早年厉害、后来就不咋样的人。那些高考中的少年天才就是例子。实力，真天才，是在时间里熬出来的。

宫白云："羞怯、爱劳动、不会说谎、大脑比小脑发达，是我小龄时代的大风景。"此自画像画得甚妙。

凸凹：实话实说。

　　宫白云：说得妙不可言。您的"凸凹体"也曾流传甚广，能给我们讲讲这个命名的由来吗？它的风格是怎样的？体现了您怎样的诗歌理念？

　　凸凹：说来也巧，前几天，10 月 3 日上午吧，我驱车送徐敬亚、韩庆成兄从成都去德阳参加"86 现代诗大展 30 周年"纪念活动，路上，敬亚兄也向我问起了这个题目。

　　"凸凹体"之说应该出现在 2006 年，或这一年之前。说实话，我已忘记了是谁最先提出这个命名的，是在网络论坛上或是文章中指认的？指不定，直接就是本人自己一拍脑球的"杰作"。近来事儿多，否则我还真有兴趣搬出资料查找一番，揪出那个始作俑者。此前，沙白的访谈也问到这事儿，我也是支支吾吾、遮遮掩掩、语焉不详。有一点却是肯定的，就是 2008 年秋天确定《凸凹体白皮书》这本书书名时，好友蒋蓝、胡亮贡献过意见，而我在其中的作用，只是行使了采纳的权力。你说"凸凹体"曾流传甚广，大约与这本《白皮书》收录了蓝棣之、张清华、霍俊明、陈仲义、燎原、钟鸣、杨远宏、宋琳、谭五昌、阿吾、树才、荣光启等当代中国 60 位优秀批评家、诗人的专文有关。他们对凸凹体也各有见解、多有说法。

　　"凸凹体"有两种指向，一种是我的诗歌文本集合的总体风貌，另一种是"跨文体"写作和"跨文体"文本的代称。"凸凹体"指代"跨文体"不是我的发明，我所知道的信息是《大家》杂志的首创。

　　由此可以看出，我认同"凸凹体"之说，认同将自己的作品装入"凸凹体"的箩筐，撇开其他因素不论，起码也是对"跨文体"的跟进与景从。

　　其实每一种个性写作，每一种特色文本，都可以命个名的，就像给新生儿起名，也就是便于区分与称呼而已，说不上什么深意不深意，"凸凹体"亦然。如果说"凸凹体"有什么风格，体现了我怎样的诗歌理念，我认为"跨文体"特征是其重要一项。至于其他的意思，笼统概之，我想，也就是文体性、辨识度围合的独立山体对周遭无边无际诗歌风云的划界、抵御和宣示吧。

宫白云：经您这一说，让我们对"凸凹体"有了更清楚的认知。

凸凹：所以，有人说我的诗中有散文就对了，我的诗中还有小说、寓言、民谣、哲学、评论，否则称不上"跨文体"。"跨文体"就是多种文体的杂糅、调制。诗坛曾经也有过"西川体"。创下一种文体就是打下一片江山，开出一块地盘。

宫白云：您写作这么多年，我很想知道您最大的收获是什么？如果用一句话来评价您的诗歌和小说您会怎么说？

凸凹：写作这么多年，我最大的收获是有了继续活下去的理由。在写作中，我找到了尊严和爱。写作，值得我一生去感恩。

诗歌和小说是我对抗、平衡现实世界的另一个世界。如果这另一个世界也由现实和精神两块构成，那么小说是现实，诗歌是精神。小说成天在忙乎砌房子、种粮食、生儿育女的事，诗歌成天在忙乎漫游、做梦、幻想、祈愿、单相思的事。

我可能回答偏了。我是真不好意思评价我的诗歌、小说，如果非评价不可的话，我只能羞怯、腼腆至厚颜无耻地说，牛，太牛，牛了那个逼了。当然，我也可以说，还在学习，还在练习。这样说也不错。毕竟学习是一生的美德。

宫白云：您回答的真是绝妙而幽默。让人在感受您的语言魅力的同时一再三思……

凸凹：诚实是撒手锏。

宫白云：这个撒手锏非同一般，厉害得很。

宫白云：您如何理解写作与现实的关系？

凸凹：就我个人而言，写作与现实的关系是无法割裂的疼痛、仇人、欢乐和爱。写作是现实的一部分，现实是写作的一部分。写作创造了更广大的现实，现实滋养和唤醒了写作的野心、妒忌、欲火和仇恨。说宁静才能写作是屁话，宁静只能扼杀写作。

宫白云："写作与现实的关系是无法割裂的疼痛、仇人、欢乐和爱。"从我个人的写作来看我比较赞同您的这个说法。

凸凹：写作需要火炬点燃。

宫白云：《滴撒诗歌》2016 卷对中国第三代 11 位诗人做了特别推荐，其中对您的简介概括是"为当代诗歌的生成提供了多种可能性"，您觉得这个评价准确吗？你怎么看第三代诗人的划分与争论？您对民刊持什么样的看法？

凸凹：真是人在做，天在看。"为当代诗歌的生成提供了多种可能性"——对我的诗歌做出这样的概括，很妥帖，很受用，嘿嘿。

关于第三代诗人的争论，关注不多，不发表意见。就我本人言，在诗人群魔乱舞、纷纷拉杆子结帮派、高呼 PSS 北岛，徐敬亚主持"86 现代诗大展"，万夏、潇潇编选《后朦胧诗全集》的时候，我还在远离诗歌城镇的大山深处扑啃泥土、仰吸白云、挑灯写作《大师出没的地方》。《大师出没的地方》于 1992 年结集出版，其中一部分收入在此前印行的五人诗集《人迹》（1988）中。多年以后，我用一部五万多字的小说《颜色》补记和还原了那段历史。

《滴撒诗歌》把我添补为中国第三代诗人，此前的安琪将我纳入"中间代"旗下，对此，我表示无意见，并且感谢。

我认为遍地烽火的民刊对中国新诗的无遮蔽的、自由的多路径张目，做出了不可抹灭的重大贡献。

宫白云：评价得真实而客观。网络时代，不少诗人是在网上出名的。您对网络名家有何评价？您如何看网络写作？

凸凹：精力分散导致精力不逮，故对网络诗歌乃至纸面诗歌的关注都是有选择的、分时段的。我不知道哪位诗人纯是网络走红出名的。我知道的情形是，所有诗人的出名路径，都是网络和纸媒共同作用的结果。不过，从现在的情状看，网络在首发和推波助澜传播上，的确比纸媒更迅捷、更野蛮、更不讲道理。但纸媒对网络发现的优秀诗人也不会装聋作哑，也会按捺不住不顾体面地快速跟进。只有傻子才拒绝孔方兄化身的订数和发行量。

就呈现的文本论，我没觉得网络写作与纸本写作有什么不同。两种表达都有好文本，都有坏文本。两者的不同，主要只是文本生成的工具不同而已。毛笔与钢笔写出的小说，在竹简上与在宣纸上写出的诗词，有多大不同呢？

宫白云："毛笔与钢笔写出的小说，在竹简上与在宣纸上写出的诗词，有多大不同呢"这个说法精彩绝伦，让人会心一笑的感觉。

宫白云：阅读您的诗，无论在形式、题材、风格、技法上都给人丰富多变的感觉，但无论外部如何变幻，其深刻宽阔的品质与精神向度都内蕴其中。这是怎么做到的？能否向我们分享下您的经验？另外，我注意到您的诗中还不乏口语，您对口语诗怎么看？

凸凹：诗是不能教的，不能教育的。回答你这个问题，真有点让俺自吹自擂的意思，不好意思啊。不好意思也得说几句，否则又落入了谦虚就是骄傲的窠臼。我认为，一个人要写好诗，要写各种各样的好诗，要一辈子写好诗，最重要的一条，就是要树立正确的诗歌世界观、正确的诗歌价值观、正确的诗歌人生观。只有诗歌的"三观"正了，才有恒定不变的"深刻宽阔的品质与精神向度"。而树立三观之前，一定要对诗给出自己的理解、体认和定义。比如，你要写到读者的痛处，就必须首先敢于向自己扎刀，扎出血来，掏出心来。必须用置之死地的无所不用其极的态度来博得绝地后生。

　　说到这里，想起了我对一份报纸提问"诗观"的回答："凡的人说出了神的话，就是诗人。凡的人说出的神的话，就是诗歌。没说清楚？这就对了，诗歌都能说清楚，我还写诗干啊！不讲道理？又说对了，诗歌就是不讲道理，诗歌只讲诗理。不跟我说了？好，那就让我的诗跟你说。"我的诗歌一句话不说，但她可以回答对我的一切提问。

　　口语诗在民国时期就比较普遍了，甚至在一些优秀诗人那里已有成熟的表现。我对口语诗是接纳的，甚至可以说是喜欢的。口语诗把诗歌从云端拉向了大地，因而大大地拓广了诗歌的天地。

　　宫白云：凸凹老师真是妙语连珠。受教"三观"了。

　　宫白云：通常情况下什么样的诗会使你读下去？或者根本不读？

　　凸凹：遇到我喜欢的诗人的诗歌，和朋友的诗歌，我会读。在我想读诗的时候，我会读撞入我眼中的任何诗。

　　但是，任何诗，我只会读前三行。前三行好，我会一路读下去，不好则弃之如手纸。

　　前三行的好，是指其间呈现的我喜欢的语言、声音、灵智和独特个性做成的气场，扬着好酒或刀枪，主动扑面而来。

　　宫白云：看来我们有许多共同之处，我读诗也是如此，基本三五行内能够激发我的兴趣，会一直读下去，还会返过头来重读几遍，否则，真的是弃之如敝屣。

　　凸凹：看影视剧亦然，前三分钟决定看还是不看。

　　宫白云：我不能说英雄所见略同。只能说气场一样。

　　凸凹：说得上话，就像刘震云《一句顶一万句》里写的那样。

　　宫白云：在您眼里，有哪些中外诗人是您更欣赏的？

　　凸凹：李白、杜甫、苏东坡、帕斯捷尔纳克、柏桦（早期）。还有好些诗人的部分诗歌，如李亚伟、向以鲜、蒋蓝、汤养宗。当然这个是我目力范围内的，以外的优秀诗作应该不少，只是我不知道。我是一个认诗不认人的主。你宫白云的《提灯的人》我就蛮喜欢。能够唬住俺的诗人要么已死去，要么还没出生。再说一遍，唬得住我的是诗，不是诗人。

宫白云： 您说的这几个诗人也在我的欣赏之列，我的小诗《提灯的人》能够得到您的喜欢甚为荣幸。

凸凹： 你的《提灯的人》写得很神来。意思是有如神助。真的诗不是写来的，而是偶逢的，神给的。

宫白云： 能否谈谈方言对于写作的影响？

凸凹： 方言对写作肯定是有影响的，用得好，是一种资源，用得不好，就是一种障碍。就是说，不管什么方言，一定要让读者能懂，至少似懂非懂，可以领会。如果隔阂得不知所云有如天书，就对写作产生了不好的影响了。所谓好的影响，是指能对写作地域上的对象所形成的文本产生一种更贴近与更真实的气场。

宫白云： 请你从一位 80 年代四川诗人的角度，谈一谈对"86 大展"的印象。

凸凹： 从《诗歌报》到《诗歌月报》（老版），我一直是忠实的订户，也偶有作品在该报、该刊发表。因此，"86 大展"我是在《诗歌报》上看的。

大展对当时中国诗界是一种颠覆式的更新，边缘民间向主流官方突然发起了大规模的冲锋，很震撼，很快慰。冲锋阵容中，尤以四川的"莽汉""整体""非非"最为抢眼。

大展以流派为单元，一个流派一个主张，一批诗作。似记得有的流派只一个人入展。很多流派、诗人在大展中一展出名。一些诗人即使一辈子不写诗也稳稳坐在"第三代诗人"的"封神榜"上，对后来者施加着黑云压城的遮蔽。但后来也有不少参展诗人"走失"

在时间的密径里了。

我当时在大巴山中埋头写诗，没有机缘参加这个大展，准确地讲，没有机缘结识敬亚兄，颇遗憾。

宫白云：最后一个问题，怎样看待诗歌流派网站或者对它有什么建议？

凸凹：昨天听庆成兄说，诗歌流派网站的注册者已达 20 万之众。这在众多诗歌网站中自是一种不能躲避的景观。都景观了，还说啥呢，非要说不可，那我就真成不能自知者、二百五，和长嘴婆了。

我应该是诗歌流派网站最早的一批注册者，后来迷小说去了，就忘了登录的密码。

宫白云：凸凹老师机智加智慧。回答得无敌，精彩至极。我个人有听君一席话，胜读十年书之感，一次通畅愉悦的对话，许多的启发，受益匪浅。

凸凹：谢谢白云的睿智与付出，谢谢这多的近身乃至贴身提问，一个美好之夜，辛苦了！

宫白云：访谈圆满成功，谢谢凸凹老师带来的精彩！谢谢在线诗友的支持与参与！

（宫白云，女，诗人、小说家、评论家。中国诗歌流派网 21 世纪诗歌会客室主持人。居辽宁丹东。）